나무
에게
배운다

KINO INOCHI KINO KOKORO TEN

by TSUNEKAZU NISHIOKA, YONEMATSU SHIONO

Copyright © 1993 TARO NISHIOKA, YONEMATSU SHIONO

Original Japanese edition Published in 1993 by SOSHISHA Publishing CO., Ltd.

Secondly Japanese edition Published in 2001 by SHINCHOSHA Publishing CO., Ltd.

Korean translation rights arranged with SHINCHOSHA Publishing Co., Ltd. through Agent KIM SONG I

Korean translation copyrights © 2013 by SANGCHUSSAM Publishing House

나무에게 배운다

니시오카 쓰네카즈 구술

시오노 요네마쓰 듣고 엮음

최성현 옮김

상춘재

서문 장인의 시대를 증언하다

　저희 집은 목수 일을 하며 대를 이어 호류지法隆寺를 섬겨 온 집안입니다. 호류지 목수, 또는 호류지가 있는 지명을 따서 이카루가斑鳩 절 목수라 불리기도 합니다. 할아버지 때에 호류지 목수들의 우두머리 격인 대목장직을 분부받고, 아버지를 거쳐 저까지 호류지 대목장으로 일해 오고 있습니다. 이런 인연으로 말미암아 태어났을 때부터 제 주변 사람들은 다 목수였습니다. 할아버지 니시오카 쓰네키치西岡常吉, 작은 할아버지 야부우치 기쿠조藪內菊藏, 아버지 니시오카 나라미쓰西岡楢光, 저 그리고 동생 니시오카 나라지로西岡楢二郎가 모두 궁궐목수입니다. 그 밖에도 제가 태어난 마을은 다양한 직종의 장인들이 모여 사는 마을이었기 때문에 어려서부터 저는 여러 장인들의 생활을 보며 자랐습니다.

　지금은 과학이 진보하고, 컴퓨터가 보급되는 등 대단히 편리한 시대가 되어 거의 모든 일을 기계가 해 줍니다. 일 밀리미터의 몇십

분의 일까지 정확하게, 어떤 물건이나 엄청 빠른 속도로, 번개처럼 만들어 버리지요. 기술이란 정말 대단한 것이라 할 수 있는데, 목수의 세계에도 이러한 기계가 많이 들어와 편리해졌습니다.

하지만 기계의 시대가 오자 장인이 사라져 갔습니다. 장인이 대를 이어 익히고 전해 온 기술과 지혜를 기계나 컴퓨터가 대신하게 됐습니다. 과학이 제일인 시대가 되면서 모든 것이 숫자나 학문으로 바뀌고 있습니다. 교육도 그에 따라 내용이 바뀌었습니다. 개성을 존중하는 시대가 되었다고 합니다. 하지만 우리 장인들이 보기에는 뻔하게 규격화된 물건들 속에서 너무 획일적으로 살아가는 듯이 보입니다. 사용하는 물건도, 살고 있는 집도, 입고 있는 옷도, 사람을 기르는 교육도, 그리고 사고방식마저 모두 똑같아져 버린 게 아닌가 하는 생각마저 듭니다.

저는 저 자신을 장인으로 수업시켜 왔고, 또 솜씨 좋은 수많은 장인들과 함께 일해 오며 장인의 일은 기계로 대신할 수 없다고 절실하게 느끼고 있습니다.

한 사람의 제 몫을 하는 장인이 되기 위해서는 오랜 수업의 시간이 필요합니다. 지름길이나 가까운 길이 없습니다. 한 발 한 발 나아가는 길밖에 없습니다. 학교처럼 머리로 기억하는 공부만으로는 안 됩니다. 또 책 읽기로도 안 됩니다. 여럿이 함께 일을 배워도 다 같은 속도로 배울 수 있는 것도 아닙니다.

스스로 경험을 쌓고, 오랜 옛날부터 이어 내려온 기술을 몸에 익히고, 옛사람들이 생각해 낸 지혜를 계속해서 받아들이지 않으면 안 됩니다. 왜냐하면, 모든 일을 기초부터 제대로 배우지 않고서는 아무것도 시작할 수 없고, 행여 무슨 일을 하더라도 그 과정에서 소홀히 했던 그곳이 반드시 문제가 되기 때문입니다. 과정의 한 군데를 빼먹는다든가, 남에게 빌려 온 것으로 대충 눙치며 넘어간다 하더라도 결국 스스로 해결하지 않고서는 장인의 일은 끝나지 않습니다.

저는 고대古代 건축을 다루는 목수입니다. 천삼백 년 전에 지어져서, 지금도 창건 당시의 아름다움을 간직하고 있는 호류지에서 수많은 선인들의 기술과 지혜를 배워 왔습니다. 그 기술이나 사고방식은 매우 아름답고 심오해서 앞으로도 계속 이어져 가야 한다고 생각하고 있습니다. 거기에는 우리 문화, 우리가 계승해 온 기술과 지혜가 응축되어 있기 때문입니다.

그렇습니다. 이 전통 기술과 지혜는 기계나 컴퓨터로 이어 갈 수 없습니다. 기계는 데이터를 넣으면 결과를 바로 내놓습니다. 중간

과정은 모르더라도 답이 나옵니다. 그런데 인간은, 더욱이 장인은 그렇게 할 수 없습니다. 하나하나 모두 다른 재료들 앞에서, 이렇게 하려면 이렇게 하는 것이 좋고, 요렇게 하려면 저렇게 하는 게 좋겠지, 라고 경험과 육감으로 판단하는 것입니다. 그런데 언제부터인가, 이러한 방법은 낡았다고 이야기하고들 있습니다. 그리고 기계와 자동화 설비로 어떤 물건이든 얼마든지 만들어 낼 수 있다고 생각하게 되었습니다.

우리들이 다루는 것은 편백나무입니다. 나무도 사람처럼 나무마다 다 다릅니다. 각기 다른 나무의 성깔을 꿰뚫어 보고 그것에 맞게 사용하지 않으면 안 됩니다. 그렇게 해야 천 년을 살아온 편백나무로 천 년 이상 가는 건축물을 지을 수 있습니다. 그것을 호류지가 훌륭하게 증명해 보이고 있습니다.

호류지를 지켜 온 것은, 이렇게 오늘날까지 이어져 온 나무를 살리는 기술인데, 이 기술은 수치로는 나타낼 수 없습니다. 문자로 책에 써서 남길 수도 없습니다. 말로 할 수 없기 때문입니다. 기술은 사람의 손에서 손으로 전해져 온 '손의 기억'인 것입니다. 그리고 이 손의 기억 속에는 천삼백 년에 걸쳐 전승되어 온 선인들의 지혜가 숨겨져 있는 것입니다.

이 기술을 전할 때는 일대일로 만나 가르치는 방법밖에 없습니다. 품이 들고 시간이 걸립니다. 지름길이 없는 교육 방법입니다. 하지만 이런 교육 방식도 이미 낡은 것이라며 버려지고 있습니다.

장인의 기술이나 육감은 학교에서는 가르칠 수가 없습니다. 개인과 개인, 스승과 제자가 생활을 함께할 때, 그때 비로소 전해질 수 있는 그런 것입니다.

저는 금년에 현역에서 물러났습니다. 올해 여든여섯입니다. 이제까지 해 온 일을 돌아다보면서 나무 건축, 특히 나무 건축에 관한 오래된 구전, 목수의 삶, 사람을 가르친다는 것은 어떤 것인가에 관해 이야기해 보겠습니다. 저는 일생을 편백나무와 함께하며 고대 건축으로 살아온 사람이기 때문에, 이야기는 아무래도 나무 이야기가 될 것이 틀림없습니다만, 조금이라도 여러분께 도움이 된다면 좋겠다고 바라고 있습니다.

1993년 11월 어느 좋은 날.

니시오카 쓰네카즈

차례

1부 나무에게 배운다

천 년을 사는 가람을 짓고 지킨다는 것 | 자연이 가르쳐 주는 대로 하라 | 성깔을 살려 강하고 튼튼하게 | 살아온 만큼 살려서 쓴다 | 솜씨와 더불어 감각을 기르는 일 | 긴 호흡으로 나무를 길러야 한다

천 년을 사는 가람을 짓고 지킨다는 것

자주 궁궐목수와 보통 목수는 뭐가 다르냐는 질문을 받는데, 먼저 그 이야기부터 시작하기로 하지요.

궁궐목수는 사찰이나 궁전, 사원처럼 요컨대 큰 건물을 짓습니다. 보통 목수는 모두가 민가를 짓습니다. 사람들이 사는 살림집을 짓습니다. 크다든가 작다든가 하는 것을 빼면, 기술적으로 아무런 차이가 없냐구요? 물론 사용하는 연장도 조금 다릅니다만, 그것은 대단할 것이 없습니다. 연장통에는 자루 대패, 끌, 손도끼처럼 옛날부터 써 온 연장이 들어 있고 실제로 사용하고 있습니다만, 그것만이 아닙니다. 대패도 쓰고, 최근에는 사전 준비 과정에서 전기 대패질도 합니다. 나무를 깎는다거나 자른다거나 맞춘다거나 하는 점에서는 다를 게 없습니다.

제일 큰 차이라고 하면 마음가짐이라고나 할까요. 여염집을 짓는 목수들은 집을 지으면 얼마가 남을까 하는 것이 먼저입니다. 하지만 궁궐목수는 부처님이 사시는 가람을 짓기 때문에 그런 생각을 할 수 없습니다. 호류지 목수들의 구전에 "신이나 부처를 숭상하지 않는 자는 사원이나 사찰 건축을 입에 올리지 말라."는 게 있습니다. 이득을 따져서는 궁궐목수 노릇을 할 수 없다는 뜻입니다.

저는 올해로 여든여섯이 되었습니다만, 이제까지 민가는 한 채도 짓지 않았습니다. 제가 살고 있는 집조차도 다른 목수분이 지어 주셨습니다. 민가는, 아무래도 얼마에 언제까지는 일을 끝내야 한다든가, 벌이에 관해 생각하지 않고는 해 나갈 수 없어요. 저는 할아버지가 저의 스승이셨습니다만, 할아버지는 "절대로 민가를 지어서는 안 된다." 하고 엄하게 말씀하시곤 했습니다.

그건, 벌이가 되는 일로 내달리게 되면 마음이 혼탁해지게 된다는 거지요. 그래서 우리는 논밭을 지니고 있었습니다. 일이 없을 때는 농사를 지어 일용할 양식을 거두어들이라는 것이었지요.

제가 사는 마을은 호류지를 위해 일하는 장인 마을이었습니다. 그래서 미장이, 톱장이, 목재소, 기와장이, 목수가 모두 모여 살았습니다. 지금은 목수 일을 하고 있는 우리 집만 남아 있습니다만,

메이지 유신 때 불교 탄압 정책으로 벌어먹기가 어렵게 되어 모두 그만두게 되었습니다. 그때까지는 다들 호류지 일을 하며 살았습니다. 지금 제가 살고 있는 땅도 원래는 절 땅이었습니다. 그것을 메이지 유신 때, 살고 있는 곳을 떼어서 물려받게 되었습니다만, 그때는 어느 집이나 아버지의 일을 물려받아서 해 왔습니다. 호류지 기와가 상했다고 하면 가서 고치고, 여기저기 돌아다니다가 성치 않은 곳이 보이면 손수 고치고, 그렇게 해 왔습니다. 때로는 밥상을 고치기도 했고, 동시에 언제 무슨 일이 있더라도 대처할 수 있도록 미리 만반의 준비를 해 두었습니다. 낡은 목재도 사용할 수 있도록 정리해 두고는 했습니다.

지금은 어디나 수리점이 들어와 있어서 손보아야 할 곳이 생기면 연락해서 고치기 때문에 재료 또한 준비해 두는 일이 없어졌습니다. 옛날에는 뒷산의 소나무를 베더라도, 일부는 팔아도 그 가운데 좋은 것은 골라서 호류지 보수용으로 남겨 잘 말려 두고는 했지요. '이 나무는 거기에 쓰면 좋겠군.' 이렇게 평소에 준비를 해 둡니다. 삼 년이나 오 년, 혹은 십 년 동안 건조시키며 대비를 합니다. 이렇게 늘 사찰의 일이나 앞일을 미리 헤아려 준비를 해 두는 것이 우리들의 일이었습니다.

그렇지요. 지금은 누구나 궁궐목수라 부르고, 우리도 그렇게 부릅니다만, 메이지 유신 전에는 궁궐목수가 아니라 지샤반조寺社番匠, 즉 절과 신사를 짓는 목수라 했습니다. 불교 탄압 때 안 된다고 해서 절 사寺 자를 빼지 않으면 안 되게 되었습니다만, 남은 글자만으로 신사목수[社木工]라 하는 것은 우스꽝스럽다 하여 궁궐목수[宮木工]가 된 것입니다.

궁궐목수가 하는 일이라고요. 그것은 먼저 사찰을 세울 장소의 풍수를 보는 일입니다. 사찰 안에는 탑과 당과 회랑 따위가 있습니다. 호류지를 예로 들면 금당, 탑, 강당 같은 건물이 있는데 이것들을 짓고자 한다면 어느 위치에, 어느 방향으로 어떻게 완성시킬 것인지를 정해야 합니다. 구전에 "가람을 지을 때는 사신 상응四神相應의 땅을 찾아라.", "당탑堂塔을 짓지 말고 사찰을 지어라."라는 것이 있는데, 이 구전에 따라 사찰 터와 각 건물의 자리를 찾는 게 맨 처음이지요.

이렇게 밑그림이 그려지면 설계와 견적을 내고 나무를 구입하기 시작하는데, 여기에도 "나무를 사지 말고 산을 사라."는 구전이 있습니다. 쓸 나무를 직접 산에 가서 보고 고르라는 것입니다. 재미있다고요? 하지만 구전에 관한 이야기는 뒤에서 다시 하기로 합시다.

우리는 사찰을 지으려는 사람의 생각을 듣고 그것을 실제로 지어 냅니다. 옛 건물을 재건할 때는 전의 것이 어떤 것이었는지를 조사해야 합니다. 흙을 파고 기둥이 어떻게 서 있었는지, 이미 사라진 지붕도 그 형태가 어떤 모양이었을지, 하여간 복원에 필요한 모든 걸 조사합니다. 그러자면 토양은 물론 지질, 고고학까지 알지 않으면 안 됩니다. 그 절이 무슨 종宗인지, 또 어떤 가르침을 펴고자 하는지 같은 것도 알아 두지 않으면 안 됩니다.

그리고 무엇보다도 일반 목수와 궁궐목수가 다른 것은, 사용하는 재료입니다. 민가는 사람이 사는 집으로 실용적인 건물입니다. 사찰은 건물 그 자체가 예배의 대상이 되는 건조물입니다. 재료도 큰 데다, 고대 건축물은 대개가 편백나무입니다. 일본의 고대 역사서인 〈일본서기〉에 "궁전을 지을 때는 편백나무를 쓰라."는 문장이 보이는데, 이 편백나무가 없었다면 일본이 세계에 자랑할 수 있는 호류지의 목조 건축물도 지어질 수 없었을 것입니다.

편백나무는 좋은 목재입니다. 습기에 강하고, 품위가 있고, 향기가 좋고, 그러면서도 세공하기가 쉽습니다. 호류지에는 베어 낸 지 천삼백 년이나 된 편백나무가 있습니다만, 오늘날까지 훌륭하게 버티고 있으며, 지금도 대패질을 해 보면 좋은 향기가 납니다.

편백나무나 '나무 다루기'에 대해서는 뒤에 다시 이야기하기로 하고, 보통 목수와 궁궐목수의 차이로 다시 돌아와 말하면, 궁궐목수가 사용하는 재료는 모두 편백나무이고, 그 크기도 아주 엄청나게 크다는 점입니다. 재목이 크다는 것은, 그저 규모가 커진다는 뜻이 아닙니다. 쉽지 않습니다. 그러므로 그런 건물, 곧 큰 나무로 천 년을 가는 건물을 짓고자 할 때는 그에 버금가는 마음가짐이 필요합니다. 그러므로 내 손에 얼마가 들어오게 될까와 같은 그런 생각을 해서는 안 됩니다. 내가 할 수 있는 일을 온 정성을 다해 한다, 이것이 궁궐목수의 마음가짐이라고 할 수 있지 않을까 싶습니다. 그런 자세가 없으면 호류지나 야쿠시지藥師寺와 같은 전통적인 건조물은 지을 수 없습니다.

자연이 가르쳐 주는 대로 하라

목수는 건물을 짓는 데 나무를 사용합니다. 나무 없이는 일본 가옥은 생각조차 할 수 없습니다. 사찰도 마찬가지입니다. 기술적으로 나무의 성질을 모르면 실제로 나무를 쓸 수가 없습니다. 그래서 저는 나무 취급에 관해 까다로운 편인데, 이것은 매우 당연한 일입니다. 이 당연한 사실을 모르는 사람도 있습니다만. 구전에도 나무 다루기에 관해서는 여러 가지로 가르치고 있습니다.

"대형 목조 건물을 지을 때는 나무를 사지 말고 산을 사라."

"나무는 나서 자란 방향 그대로 써라."

"나무 짜 맞추기는 나무의 성깔에 따라 하라."

다 나무를 쓰는 법에 관한 이야기입니다. 핵심은 자연이 가르쳐 주는 대로 하라는 것입니다. 자연을 대하는 마음가짐이 가장 중요합니다. 안목이나 기술 또한 마음가짐이 제대로 갖춰지지 않고서는 도무지 늘지 않습니다.

먼저 자연이 준 생명에 감사하며 살지 않으면 안 됩니다. 요즘 사람들은 물에 대해서나 공기에 대해서나 감사하는 마음을 잃어버렸습니다. 그러나 물이 없으면 우리는 목숨을 이어 갈 수 없습니다. 요즘 사람들은 제힘으로 살고 있다고 생각하지만, 천지간으로부터 생명을 받고 있는 나무나 풀이나 그 밖의 동물들처럼 우리 인간도 자연으로부터 생명을 받음으로써 살아갈 수 있는 것입니다. 자연이 있어서 우리는 비로소 살아갈 수 있는 것입니다. 이 사실을 먼저 깊이 잘 이해해 두지 않으면 안 됩니다.

제힘만으로 살고 있다고 알고 있는 자는 변변한 일을 못 합니다. 이런 건 일을 해 보면 자연히 알게 됩니다. 책을 읽는다거나, 지식을 지나치게 채워 넣게 되면 가장 중요하다고 할 수 있는 자연이나 자신의 생명에 관해서는 무지해집니다. 지식은 너무 좇지 않는 게 좋습니다. 부처님의 가르침 속에도, 세상의 모든 현상은 인간의 마음 안에 들어 있다, 인간의 마음 또한 자연 안에 있다는 말씀이 있습니다. 그리고 흉내 내기만으로는 안 됩니다. 스스로 깨닫지 않으면 안 된다는 것입니다. 그렇게 자연을 스스로 깨우쳐야 합니다.

저는 고대 건축에 관해서밖에 모르고, 그 일밖에 해 오지 않았습니다만, 선조들의 영혼을 더럽히지 않고자 노력해 왔습니다. 그 속에서 나는 어떻게 하면 좋을까, 생각했던 것인데, 구전은 이렇게 자연에 관해 생각해 볼 수 있는 실마리를 제공해 줬던 것입니다.

어쨌든 우리들의 일은, 재료가 자연 속에서 자란 나무입니다. 그것도 천 년 이상 긴 목숨을 이어 온 나무입니다. 천 년 넘게 살아온 엄청나게 큰 나무를 써서 대지 위에 건물을 세우는 일입니다. 저처럼 이렇게 보잘 것 없는 사람이 말이지요. 대자연의 흐름 속에서 나무를 잘라 그것을 건물로 바꾸는 것이기 때문에 될 수 있는 한 생명이 긴 건물이 되도록 짓지 않으면 안 되는데, 거기에 제가 살아가는 의미가 있는 것입니다. 그것이 저의 일입니다. 그러므로 자연을 무시하고서는 일을 할 수 없습니다.

목수에게도 자연관이 필요합니다. 자연에 대해 바로 선 생각이 있어야 합니다. 나무를 보자마자 이것은 얼마짜리 나무, 이것은 오십 년밖에 안 된 나무라서 싸다, 이것은 천 년짜리이므로 비싸다, 이래서는 안 됩니다.

한 그루의 나무라도, 그것이 어떻게 해서 씨앗으로 뿌려지고 어떻게 다른 나무와 겨루며 컸을까, 거기는 어떤 산이었을까, 바람이 심한 곳은 아니었을까, 햇빛은 어느 쪽으로 받았을까, 저라면 이런 생각을 합니다.

이렇게 그 나무가 살아온 환경, 그 나무가 지닌 특징을 살려 쓰지 않으면, 좋은 나무도 그 가치를 살리지 못하고 망쳐 버리게 됩니다. 그러므로 깊이 생각하지 않으면 안 되는 것입니다.

이런 것은 농업 학교를 나온 뒤 이 년 동안 농사를 지었는데, 그때 비로소 알았습니다. 자기가 기른 것은 매우 귀하게 여겨지기 마련입니다. 그 일에는, 곧 농사에는 대단히 많은 수고와 시간이 필요합니다. 손길이 간 만큼 자랍니다. 이렇게 식물이 자라는 한 단계 한 단계마다 그 나름의 역사가 있는 것입니다.

게다가 자연에는 서두름이라든가 지름길 같은 게 없기 때문이지요. 봄에 뿌린 볍씨는 가을까지 자라지 않고서는 열매를 맺지 못합니다. 인간이 아무리 안달복달해도 자연 절기의 흐름은 앞당길 수 없는 것입니다. 서두르면 벼는 여물지 않고 나무는 자라지 않습니다.

옛날 궁궐목수는 농사도 지었는데 그것이 이상적인 모습일지도 모르겠습니다.

자급을 위해 평소에는 벼농사와 채소 농사를 짓고, 건축 일이 있을 때는 그 일에 정성을 다해 임하는 거지요. 우리 집도 그랬습니다만, 뒷산에는 떡갈나무가 자라고 있기 때문에, 손도끼 자루나 대팻집 따위는 거기서 베어 낸 나무를 오래도록 잘 건조시켜서 만들어 썼습니다. 자연과 밀착된 생활과 일, 이런 삶은 결코 자연을 잊을 수 없게 합니다.

그리고 농부 목수로 살면, 다시 말해 농사를 지으며 목수 일을 하면 먹고살 수 있으므로 기다리는 것도 가능합니다. 여유를 잃고 벌이에 쫓기게 되면 때를 기다릴 수 없고, 쉴 수도 없고, 아무래도 '빨리, 빨리'라며 일에 쫓기게 됩니다.

요즘 사람은 모두 그렇게 돼 버렸습니다. 거기다 일이 자잘하게 분업이 되면서 자연과 어떤 관계를 맺고 있는지 더 알기 어렵게 돼 버렸습니다. 목수조차 나무가 어디서 어떻게 자랐는지 알아볼 방도가 없습니다. 그런 나무를 쓰는 데다 위에서는 빨리하라고 성화를 해 대지, 이렇게 되면 누구나 조금이라도 빨리 일을 마치려는 쪽으로 쫓기게 됩니다. 이런 생활에 완전히 절어 있기 때문에, 자연과 조화로운 삶을 집에서나 일터에서 되살려 보려고 해도 그것이 무척 어렵습니다.

자, 이런 시대입니다만, 제대로 일을 하고자 한다면, 자연과의 조화를 잊어서는 안 됩니다. 누가 뭐래도 인간은 자연으로부터 벗어날 수 없는 데다, 그 자연 안에서 인간은 나무나 풀과 다를 게 없습니다.

성깔을 살려 강하고 튼튼하게

옛 궁궐목수와 요즘 목수의 차이라면, 우선 나무를 고르는 방식에 있습니다. 구전에 "대형 목조 건물을 지을 때는 나무를 사지 말고 산을 사라."고 하는 것이 있습니다.

아스카 건축이나 하쿠호 건축은 대목장이 산에 가서 나무를 고릅니다. 그리고 "나무는 나서 자란 방향 그대로 쓰라."는 구전이 있습니다. 남쪽에서 자란 나무는 가늘어도 강하고, 북쪽에서 자란 나무는 굵더라도 연약하고, 응달에서 자란 나무는 무른 것처럼, 자라난 장소에 따라 나무에도 각기 다른 성질이 붙습니다. 산에 직접 가서 나무를 보면 이것은 이러한 나무이니 거기에 쓰자, 이건 이런 나무이니 왼쪽으로 비틀린 저 나무와 짝을 맞추면 좋겠다, 이런 것을 산에서 보고 알 수 있는 것입니다. 이것이 대목장이 해야만 하는 중요한 일들 가운데 하나였습니다.

지금은 이 일이 목재소 몫이 되었고, 그에 따라 산에서 나무를 고르는 것이 아니라 목재소에 치수로 주문하게 되었습니다. 재질을 보고 쓰기는 상당히 어렵게 됐습니다. 재질을 보는 눈이 있으면, 이 나무가 어떤 나무인가를 보고 알 수 있습니다만, 상당히 어려운 일입니다.

이렇게 중차대한 일을 분업해서 하게 된 것은 역시 이렇게 하는 쪽이 편리하고 빠르기 때문이겠지요. 좋은 물건을 빠르게 만드는 것은 나쁜 일이 아닙니다만 속도만을 뒤쫓다가는 폐해가 뒤따르게 됩니다.

제재 기술은 대단히 진보해 왔습니다. 뒤틀린 나무조차도 곧바로 켤 수 있게 되었습니다. 옛날이라면 나무를 쪼갰기 때문에 곧바로 제재를 하려면 나무의 성질을 알아내야 했습니다. 그러므로 바꿔 말하면, 오늘날 목수 쪽이 어렵습니다. 나무의 성깔을 무시하고 제재했기 때문에 나무의 성질을 판별하자면 엄청난 힘이 필요합니다. 제재할 때 성질이 감춰지더라도 성질은, 곧 비틀림은 사라지는 것이 아니기 때문입니다. 반드시 나무의 성질은 뒤에 나타나게 됩니다. 그것을 넘겨다보기는 쉬운 일이 아닙니다.

나무의 성질을 알기 위해서 나무를 보러 산에 가는 것입니다. 그런데 그 일을 버리고 어떻게 했느냐 하면, 나무의 성격이 나오지 않도록 합판으로 바꿔 버린 것입니다. 합판으로 바꿔 나무의 성깔이 어떻다는 둥 하는 일 자체를 없애 버린 것입니다. 나무가 가진 성질, 개성을 제거해 버린 것입니다.

그런데 성깔이라는 것도 나쁘다고만 할 것이 아니라, 사용하는 방법에 달린 문제입니다. 성깔이 있는 나무를 쓰자면 번거롭지만, 잘 사용하면 그쪽이 오히려 좋은 일도 있습니다. 사람도 마찬가지이지요. 기질이 강한 자일수록 생명력 또한 강하지요. 저는 그렇게 느끼고 있어요. 성깔이 없는 부드러운 나무는 약합니다. 힘도 약하고 쓸 수 있는 기간도 짧습니다.

오히려 개성을 파악해서, 그것을 살려서 쓰는 쪽이 강하고 오래 갑니다. 그런데 개성을 중요시하기보다 평준화해 버리는 쪽이 일이 훨씬 빠르다, 나무의 성깔을 파악할 수 있는 힘 따위 필요 없다, 그런 훈련도 소용없다, 이렇게 되면 어제 목수 일을 시작한 목수도 아무런 문제가 없습니다.

본래 장인이란 속도가 자랑이자 보람이었기 때문에 속도를 다투었지요. 그래서 훈련도 하고 궁리도 했습니다. 그런데 일을 부탁하는 쪽이 더 빠른 것을 원하기 시작했습니다. 조립식 주택이라도 빠른 쪽이 좋다는 것입니다.

그러자 지금까지는 손 연장으로 속도를 다투던 것이 기계로 바뀌고, 기계 또한 속도를 좇아 나날이 진보해 가고 있습니다. 전혀 그러할 필요가 없는데도 말입니다. 이렇게 되면, 나무의 성질이라는 것이 전혀 무시돼 버리고 맙니다. 완전히 말리지 않은 나무는 정밀하게 기계로 켜더라도, 곧 오그라든다거나, 곧은 것도 그때뿐 바로 휘어져 버리는데, 그래도 좋다는 것입니다.

그래서 이번에는 거꾸로 다루기 쉬운 나무를 찾아갑니다. 굽은 나무는 필요 없다, 비틀어진 나무도 필요 없다 합니다, 다루기 어렵기 때문이라는 건데, 이렇게 되면 자연히 사용 가능한 나무가 줄어들게 되지요. 그렇습니다. 이래서는 자원이 아무리 많아도 당해 낼수가 없습니다. 거기다 목수에게 나무를 보는 힘도 불필요해집니다. 필요가 사라지면 당연히 그런 힘을 기르는 데 소홀해지고, 마침내는 사라져 버립니다. 이것은 달리 말하면, 나무를 다루는 목수가 나무의 성질을 모른다는 뜻이므로, 대단히 곤란한 일입니다.

건축주는 빨리, 싸게 지어 달라고 합니다. 이 할 정도 더 들이면 이백 년은 지탱할 수 있다고 알려 줘도 그 이 할을 아까워합니다.

그 이 할 싼 가격으로 '우리는 괜찮다.'는 것입니다. 이백 년도 버틸 수 없는 집이 돼도 괜찮다는 것입니다. 천 년을 살아온 나무는 목재로도 천 년을 갑니다. 백 년생은 적어도 백 년은 가지요. 그러나 그렇게 되지 않아도 좋다는 거지요. 현대인은 물건을 오래도록 알뜰하게 살려 쓰는, 검약의 정신을 잃어버렸습니다.

옛날에는 집을 지을 때 나무도 심었습니다. 이 집은 이백 년은 갈 테지, 지금 나무를 심어 두면 이백 년 뒤에 집을 지을 때는 안성맞춤일 테지, 이렇게 생각했습니다. 이삼백 년이라는 시간 감각이 있었던 것이지요. 오늘날에도 이런 감각을 지닌 사람이 있을까 싶군요. 눈앞의 것만, 조금이라도 빨리, 이렇게 되어 버렸지요. 그러면서 한편에서는 '숲을 소중하게', '자연을 귀중하게'라며 자연 보호를 외치고 있습니다. 나무는 본래 알뜰하게 사용하고, 바로바로 심기만 하면 영원히 사용할 수 있는 자원 아닙니까? 철이나 석탄처럼 한 번 쓰면 없어져 버리는 것과는 다르지요. 심은 나무가 자라기까지 기다렸고, 또 마구 쓰고 버려서는 안 된다는 정신이 얼마 전까지만 해도 있었습니다. 본래부터 가지고 있는 나무의 성질을 살려서 알뜰하게 쓴다, 이것은 매우 당연한 일입니다. 그런데 이 당연한 생각이 사라져 버렸습니다.

나무를 살립니다. 낭비하지 않습니다. 나무의 성깔도 좋은 쪽으로 쓰기만 하면, 오래 버틸 수 있는 건물, 튼튼한 건물이 됩니다. 우리는 그래서, 그걸 위해 기술을 전하고, 구전을 가르쳐 온 것입니다. 조금 더 긴 눈으로 세상사를 보고 생각하는 생활이 중요합니다. 그러나 오늘날은 좌우간 한 번 쓰고 버리는 생활이 기본이 되어 버렸습니다.

살아온 만큼 살려서 쓴다

편백나무에 대해서는 이제까지 여러 자리에서 이야기를 해 왔는데, 오늘의 제가 있는 것은, 나무 다루기를 비롯하여 모든 일을 나무에게서 배우고 익혀 왔기 때문이지요. 그러므로 저는 나무에 관해서밖에는 아는 것이 없는 사람이라고 해도 좋을 정도인데, 궁궐 목수가 나무라고 하면 그것은 편백나무입니다. 이 편백나무가 있었기 때문에 일본에서 목조 건축술이 발전할 수 있었고, 세계에서 가장 오래된 건조물을 남길 수 있었습니다.

일본 문화 속에서 나무가 차지하는 자리는 매우 큽니다. 〈일본서기〉에 "궁전을 지을 때는 편백나무를 쓰라."고 쓰여 있습니다. 삼나무나 녹나무로는 배를 만들고, 젖꼭지나무로는 시체를 담는 관을 짜라고 기록돼 있습니다.

그때부터 벌써 사람들은 편백나무의 특성을 잘 알고 있었던 것입니다. 그러므로 호류지나 야쿠시지나 모두 편백나무로 지어진 것이지요. 그런데 시대가 지남에 따라 편백나무를 구하기 어렵게 되었습니다. 그래서 느티나무를 사용하기 시작했고, 다시 느티나무조차 없어지자 이번에는 솔송나무를 썼습니다. 에도 시대에는 대개 솔송나무였는데, 이렇게 되자 편백나무의 장점은 사라지고 수명이 짧은 건물이 들어서게 되었습니다. 해체 수리한 곳을 보면, 거기에도 대개 솔송나무가 쓰였는데, 역시 수명이 길지 못해 곧 다시 수리하게 되더군요.

호류지와 야쿠시지의 건물은 대륙에서 불교와 함께 들어온 것입니다. 그런데 대륙에는 참다운 의미에 맞는 편백나무는 없습니다. 비슷한 것은 있지만, 진짜 편백나무는 없습니다. 편백나무는 일본 특산의 나무입니다. 그러므로 〈일본서기〉에 "궁전을 지을 때는 편백나무를 쓰라."고 쓰여 있는 것이지요. 당시에 벌써 편백나무의 장점을 충분히 알고 있었던 거지요. 편백나무는 품질이 좋고, 향기가 강하며, 수명이 길다는 걸 알고 있었던 겁니다.

자주, 건축은 대륙으로부터 배워서 거기서부터 일본 건축이 시작되게 되었다고 이야기합니다. 그러나 이즈모타이샤出雲大社[1]만 하더라도 오늘날 우리가 보는 것보다 세 배 이상 컸다고 하잖습니까? 히미코卑弥呼 시대, 그러니까 서기 200년 무렵에도 울타리를 세운다거나 하며 나무를 사용했던 것을 보면, 그 당시에도 나무를 다뤄 본 경험이 있었던 것입니다. 불교 건축의 처마 모양은 대륙으로부터 배웠습니다만, 나무 다루기에서는 일본인도 나름으로 뛰어난 기량을 가지고 있었다고 저는 봅니다.

편백나무는 수명이 긴 데다 목수가 사용하기 쉬운 나무입니다. 끌도 잘 먹히고 대패질도 잘됩니다. 소나무 따위와는 매우 다르지요. 손도끼로 깎더라도 편백나무는 가지런히 깎입니다. 소나무는 비틀어져 있기 때문인지 이리저리로 튀어서 위험해요. 느티나무 또한 다루기 어렵지요. 그런데 이 편백나무는 단지 부드럽고 사용하기 쉬운 것만이 아닙니다.

새 편백나무는 못이 가볍게 아주 잘 들어가는데, 시간이 지나면 나무가 못을 잡아 조여서 빠지지 않습니다. 오십 년 쯤 지나면 그 때는 뺄 수 없을 정도입니다. 서툴게 덤비다가는 못대가리만 핑! 하고 날아가 버리고 맙니다. 편백나무는 그 정도로 단단한 나무입니다. 선인들은 그것을 체험으로 잘 알고 있었던 것입니다.

중국의 경우는 목조 건축이라 하더라도 순수 목조 건축이 아닙니다. 모두 임시 기둥을 세우고 기둥 사이에 벽돌을 쌓아서 벽을 만들고 있습니다. 작은 나뭇가지를 엮어 세운 뒤 벽을 바르는 방식은 일본의 생각이었습니다.

그 전까지 일본 건축은 구덩이를 파고 거기에 기둥을 세우는 '파고 세우기' 방식이었는데, 주춧돌을 놓고 그 위에 기둥을 세우게 됐던 것입니다. 구덩이를 파고 기둥을 세우는 방식은 나무가 쉽게 썩습니다. 땅 윗부분은 괜찮은데, 땅하고 맞닿는 부분이 엉망이 됩니다. 이렇게 구덩이를 파고 기둥을 세우는 방식으로 집을 짓던 때에도 편백나무가 좋다는 걸 경험으로 잘 알고 있었을 테지요. 편백나무는 습기에 강하니까요. 그 뒤로 주춧돌을 놓으며 호류지의 기둥은 천삼백 년이 지났는데도 잘 버티고 있습니다. 아무리 편백나무가 강하다 해도, 그것만으로는 건물이 오래갈 수 없습니다. 편백나무를 살리는 기술과 지혜가 없었다면 어림도 없었을 일이지요. 구덩이를 파고 기둥을 세우는 식이었다면, 전신주와 마찬가지로 그리 오래가지 못합니다. 그것들은 이삼백 년이 고작이지요. 나무 전신주는 땅과 접하는 부분에 방부제인 콜타르를 흠뻑 먹이는데도 삼십 년 이상 버티지 못하잖아요? 아스카 시대의 위대한 지혜에 관해서는 뒤에서 다시 이야기하기로 합니다.

먼저 나무 이야기를 계속합시다. 그 전에 〈일본서기〉에는 어떤 글이 나오는지 소개하겠습니다. 이 글에서 우리는 그 시대 사람들의 나무에 대한 뛰어난 견식을 한눈에 볼 수 있습니다. 〈일본서기〉 권 제일卷第一에 나오는 글입니다.

스사노오 노미코토素戔嗚尊가 말했다.

"가라쿠니韓鄕 섬에는 금은이 가득하다. 그래서 우리 자손이 다 스릴 나라에서 거기로 건너가려고 해도 배가 없어서 건널 수 없 다."

하시며 얼굴의 수염을 뽑아 뿌렸다. 그러자 삼나무가 되었다. 또 가슴의 털을 뽑아서 뿌렸다. 이것이 편백나무가 되었다. 꼬리털은 젖꼭지나무가 되었다. 눈썹의 털은 녹나무가 되었다. 앞서 이 나무 들의 쓰임새를 정해 다음과 같이 말씀하셨다.

"삼나무와 녹나무 이 두 나무는 배를 만드는 것이 좋다. 편백나 무는 궁을 짓는 나무로 좋다. 젖꼭지나무는 시체를 담는 관을 짜는 재료로 쓰라. 또한 식재료가 되는 나무 열매를 많이 뿌려 가꾸라."

이 전설에 따라서 부처님이 사시는 사찰을 편백나무 일색으로 지어 왔던 것입니다. 여기서 또 하나 중요한 사실은 먹을 수 있는 나무 열매 씨앗을 여든 가지나 뿌렸다는 점입니다. 쌀이 아직 없었던 그 시대에는 나무 열매가 주식이었을 텐데, 그렇게 그 시대 사람들은 나무 열매를 절약해서 산을 푸르게 가꾸고자 했던 것입니다. 지금 우리는 이런 생각이나 정신을 어느 하나 이어받지 못하고 있습니다.

커다란 사찰을 짓는 데는 커다란 편백나무가 필요합니다. 예를 들어, 야쿠시지에서 지금 재건하고 있는 건물에는 최소한 수령 이천 년 안팎의 편백나무가 필요합니다. 원목의 직경이 이 미터 전후, 길이 이백 미터 남짓인 편백나무가 필요합니다. 그러자니 아무리 못해도 수령 이천 년 안팎이 되는 나무라야 하는 것입니다. 기소木曽[2]는 일본의 편백나무 명산지입니다만, 여기에는 수령 오백 년 정도 된 편백나무밖에 없고, 그 정도로는 사찰을 지을 수 없습니다. 알맞지 않습니다. 길이가 모자라고, 굵기 또한 부족합니다.

지금부터 이천 년, 이천오백 년 전이라고 한다면 기원전입니다. 그 정도 수령의 편백나무는 현재로는 지구 상에 대만밖에 없습니다. 실제로 대만의 수령 이천 년을 넘긴 편백나무 원시림 속에 들어가 보니, 놀랍더군요. 그 정도로 오래된 나무들이 늘어서 있는 모습은 나무가 아니라 신들이 줄지어 서 있는 모습과 같았어요. 그래서 저도 모르게 머리가 숙여지더군요. 이것은 저뿐만이 아니라 편백나무의 존엄함을 알고 있는 사람이라면 누구나 그렇겠지요. 편백나무의 수명은 이천오백 년에서 삼천 년이 한도입니다만, 삼나무라면 천 년, 소나무는 오백 년이나 육백 년 정도입니다.

나무의 생명에는 두 종류가 있습니다. 하나는 오늘 이야기한 나무로서의 생명, 곧 수령樹齡입니다. 다른 하나는 나무가 목재로 쓰인 뒤부터의 사용 햇수입니다.

편백나무의 사용 햇수가 길다는 것은 호류지를 예로 들면 잘 알 수 있지요. 호류지의 창건은 서기 607년경이라고 여겨집니다만, 670년에 불타고, 재건된 것은 잘 모르겠습니다만, 적어도 692년 이전이 아닐까 싶습니다. 그렇다면 지금으로부터 천삼백 년 전에는 지어졌다는 계산이 나옵니다.

그것을 1942년에 오중탑, 1945년에 금당의 해체 수리를 시작했습니다. 창건 이래 그때까지 해체 수리된 적이 없었습니다. 각각 십 년에 걸쳐서 수리했습니다. 그때까지 부분적인 수리는 있었습니다만, 천삼백 년이란 긴 세월을 지탱해 온 것입니다.

이것은 놀라운 일입니다!

그것도 다만 서 있을 뿐이 아닙니다. 오중탑의 처마를 보시면 아시겠지만, 다섯 개나 겹쳐 있는 서까래가 말끔히 하늘을 향해서 일직선이 되어 있습니다. 천삼백 년이 지났는데도 그 모습이 흩어지지 않고 있는 것입니다.

천 년이 지난 나무가 아직도 살아 있습니다. 탑의 기와를 들어내고 그 아래 있는 흙을 벗겨 보면, 차츰 지붕의 휨이 돌아오고, 대패질을 해 보면 지금도 질 좋은 편백나무 향기가 나는데, 이것이 편백나무의 생명의 길이입니다.

이런 나무이기 때문에 그 수명을 다하도록 돕는 것이 목수의 역할입니다. 수령 천 년의 나무라면 적어도 천 년 이상 가도록 해야 하는데, 그렇게 하지 못하면 나무에게 미안한 일이지요. 그러므로 나무를 잘 알지 않으면 안 됩니다.

이것은 커다란 절이나 사찰에만 해당하는 이야기가 아닙니다. 민가 또한 다르지 않습니다. 여염집 기둥도 육십 년 정도의 수령이라면 육십 년 이상 가야 합니다. 그것을 이십 년 정도밖에 못 가게 쓴다면, 일본에 나무가 아무리 많더라도 모자랍니다. 나무가 살아온 만큼 나무를 살려서 쓴다고 하는 건 자연에 대한 인간의 당연한 의무입니다. 그렇게 되면 나무 자원이 고갈되는 일은 일어날 리 없지요. 나무라는 것은 그런 것이지요.

나무는 대자연이 낳고 기른 생명입니다. 나무는 죽어 있는 물건이 아닙니다. 생물입니다. 사람 또한 생물입니다. 나무나 사람이나 자연의 분신입니다. 말 없는 나무와 이야기를 나눠 가며 나무를 생명 있는 건물로 바꿔 가는 것이 목수의 일입니다.

나무와 인간 생명의 합작이 진짜 건축입니다. 아스카 시대 사람들은 이것을 잘 알고 있었습니다.

그들은 편백나무의 수명을 알고, 그것을 살려서 쓰는 지혜를 갖고 있었습니다. 편백나무의 장점과 그것을 살려서 썼던 아스카 사람들의 지혜가 합하여 만들어진 것이 세계에서 가장 오래된 목조 건축물로 남아 있는 호류지입니다. 호류지나 야쿠시지는 그것을 잘 가르쳐 주고 있습니다.

솜씨와 더불어 감각을 기르는 일

　주춧돌뿐만 아니라, 목수의 기술은 종이에 써서 문자나 그림으로 가르치거나 전할 수 없습니다. 그렇게 할 수 있다면 좋겠습니다만, 안타깝게두 그렇게는 할 수가 없는 것입니다.

　반드시 본인이 직접 해 보지 않고는 알 수 없습니다. 나무도 직접 만져 보거나 향기를 맡아 보지 않고는 알 수 없습니다. 이것은 간단히 입이나 책으로 가르칠 수 있는 게 아닙니다. 궁궐목수는 큰 나무로 커다란 건물을 짓는 사람이므로 나무에 대해 알지 않으면 안 됩니다. 나무를 모르고서는 사원이나 사찰과 같은 큰 건물을 지을 수 없습니다.

　나무도 콘크리트나 쇠처럼 모두 똑같아서, 다시 말해 오그라들거나 휘는 일이 없어 강도나 쓸 수 있는 햇수가 일정하게 계산될 수 있다면 좋겠습니다만, 그렇게 안 됩니다. 그렇게 안 되는 것을 요즘에는 나무도 쇠나 콘크리트처럼 취급하고 있습니다.

목수는 나무를 만져 본다거나 쓰다듬어 본다거나 냄새를 맡아 본다거나 하며 나무 하나하나 다르다는 것, 그에 따라 나무마다 사용 방도 또한 다르다는 것을 알아야만 하므로 시간이 필요합니다. 바로 배우기는 불가능합니다.

여러분도 삼나무의 향기를 아실 테지요? 소나무 향기도 아실 테고요. 그 밖에도 느티나무, 솔송나무 등 나무마다 독특한 향기가 있습니다. 편백나무 또한 마찬가지입니다.

하지만 같은 편백나무도 산지에 따라서 색깔이나 향기, 촉감 등이 다 다릅니다. 또한 천 년이 된 나무는 백 년이나 이백 년 된 나무와 향기가 다릅니다. 향기라 하면 코로 맡는 것입니다만, 접할 때 느껴지는 느낌 또한 향내와 마찬가지로 다릅니다.

또한 살아서 서 있을 때도 나무는 햇수에 따라 품격이 달라집니다. 편백나무 껍질은 대개 갈색입니다만, 나이 든 나무는 은색으로 빛나며 이끼가 끼어 있기도 합니다. 올려다보기만 해도 대단한 나무라는 느낌이 듭니다.

나이가 든 나무 중에 크더라도 속이 비어 있는 나무는 겉으로 보기에는 싱싱해 보이지만, 이런 나무는 겉만 살아 있습니다. 영양이 전체에 고루 퍼지지 않으면 잎만 싱싱해 보입니다. 그러나 나이 들고도 속이 꽉 찬 나무는 영양이 골고루 퍼져 있기 때문에 오히려 빛깔이 누르스름해 보입니다. 이 경우는 나무가 병약해서 누레진 것과는 다릅니다. 이러한 나무는 목재로서도 품격이 있습니다.

야쿠시지 재건에 쓸 천 년생의 나무가 일본에는 없어서 대만까지 보러 갔었는데, 거기에는 이천 년이 넘는 편백나무도 있었습니다. 이천 년이라면 천삼백 년 전에 베어 낸 호류지의 나무가 지금까지 그대로 살아서 서 있는 것과 같습니다! 엄청난 일이지요.

금당의 기둥을 세울 때, 이 수령 이천 년 된 나무를 가져와서 하나를 넷으로 쪼개 기둥 네 개를 만들었습니다. 그 나무, 참 대단했습니다. 일을 하며 느낀 것입니다만, 이거면 충분하다는 느낌이 절로 들더군요. 무엇보다 받는 느낌이 다릅니다. 나무의 힘이라고나 할까 하는 게 느껴집니다.

이러한 나무의 감촉은 말로는 전할 도리가 없습니다. 실제로 보고 만지고 느끼면서 익혀 가야만 합니다. 목수의 기술이란 것은 솜씨뿐만이 아니라 갈고닦인 감이나 감각으로 뒷받침되어야만 하는 것입니다.

긴 호흡으로 나무를 길러야 한다

앞에서 나이 먹은 나무의 품격을 이야기했습니다만 나무도 단지 수명이 길다고 좋은 것은 아닙니다. 자연 보호라며 나무를 수명이 다할 때까지 서 있는 그 자리에 세워 둬야 한다고 생각하는 사람이 있을지 모르지만, 목수의 처지에서 보면 나무의 수명에도 한도가 있습니다. 아무리 대만의 편백나무가 좋다 해도 삼천 년이 넘으면 안 됩니다. 목재로서 쓸 거라면 이천 년쯤 된 나무가 좋습니다. 이천 년을 넘으면 목재로서 또 하나의 생명을 다하는 데 부적합합니다.

호류지의 편백나무는 천삼백 년 정도에 베어 낸 나무로, 그 후 천삼백 년이 지났는데도 목재로서 살아 있습니다. 나무로서의 생명과 목재로서의 생명을 꿰뚫어 보고 베어서 썼던 것입니다. 그리고 이것은 절로 나서 자란 나무라서 가능했다고 할 수 있습니다. 사람이 심은 나무라면 그렇게 되지 않습니다.

인간이 씨를 뿌리고 길러서 산에 옮겨 심는 나무는 그렇게 되지 않습니다. 기껏해야 오백 년 정도가 고작일 겁니다. 자연 속에서 경쟁하지 않고 온실 속에서 자란 것은 그렇습니다.

그리고 '뿌리를 옮긴다.'는 말이 있습니다. 대개 나무는 싹 틔운 자리에서 계속해서 자랍니다. 그 자리에서 자라기 때문에 땅속으로 뿌리를 뻗어 갑니다. 작은 돌 사이나 틈으로 뿌리를 뻗어 갑니다. 그것을 캐서 다른 곳으로 옮기다 보면 뿌리가 많이 잘려 나갑니다. 어쩔 수 없다며 자릅니다 옮겨 심을 때, 그 나무를 그대로 경쟁시키면 이천 년 이상 자랄지도 모른다는 생각 따위는 아예 하지 않습니다. 하루라도 빨리 나무를 키워 조금이라도 더 많은 나무를 키워 내자는 생각이기 때문에 별 수 없는 일이지만, 그렇게 해서는 천 년이나 이천 년짜리 나무는 나올 수 없습니다.

자연 상태의 숲에서는 씨앗이 떨어지더라도 그 씨앗이 싹을 틔울 기회를 얻기가 어렵습니다. 저야 싹을 틔우고 싶겠지만 조건이 갖추어지지 않습니다. 첫째는 햇볕이 들지 않기 때문입니다. 그것이 어느 한 순간, 예를 들면 윗 나무가 부러지거나 사라지면, 앗! 하는 사이에 일제히 싹을 틔우며 경쟁을 시작합니다. 햇살이 비추면 팟! 하고 나옵니다. 이런 상태를 '봄에 새싹 돋듯' 한다는 것입니다. 만반의 준비를 마치고 기다리고 있는 상태입니다. 이렇게 해서 백 년 넘게 기다리고 있던 씨앗이 일제히 싹을 틔웁니다.

다음은 혹독한 경쟁입니다.

어쨌든 경쟁을 뚫고 살아남지 못하면 수령 천 년이나 이천 년짜리 나무로 자랄 수 없습니다. 인간이 베어 버리는 경우도 있겠습니다만, 그 속에서 살아남아 이천 년 이상 산 나무는 사람이 접근할 수 없는 암반 지역이거나, 마치 뿌리로 바위를 쪼개고 있는 듯한 혹독한 곳에 난 나무들입니다.

대만의 어느 삼림업자가 말하더군요. 일본은 나무 심는 방법이 잘못되었다고. 모두 베기, 곧 나무를 한꺼번에 싹 베어 낸 자리에서, 오십 년이나 백 년 정도 그곳에서 기다리고 있던 씨앗이 혹 돋아나서 자란 것이 아니면 수령 천 년이 넘는 나무는 얻을 수 없다고. 역시 이익을 얻고자 너무 서두르는 데 문제가 있다는 것입니다.

농업 학교에서 배웠습니다만, 최소의 노동으로 몇 사람을 먹일 수 있느냐는 기본을 잊어버리고 있는 것입니다. 요사이 농가는 딸기가 벌이가 된다 하면 모두 딸기를 심습니다. 농업 본래의 의미가 완전히 변질돼 가고 있습니다. 인간을 위해 농업이나 임업이 있기보다 돈벌이를 위해 있는 것처럼 다들 생각하고 있어요. 모두 상업적이 돼 가고 있습니다. 나무 기르기나 사용 방법이나 다 문화인데, 그것이 잘못돼 가고 있습니다. 이래서는 도저히 긴 호흡의 살림은 불가능합니다.

2부 오래된 것에는
새것이 짊어질 수 없는 것이 있다

아스카 사람들의 마음가짐과 지혜를 배운다 | 오래된 목재는 보물이다 | 목수의 혼이 실린 연장 | 주
춧돌, 천삼백 년을 버텨 온 힘의 근원 | 학교나 책에서는 배울 수 없는 것 | 나무를 다루는 사람만이
알 수 있는 일 | 장인과 건물이 학자보다 먼저다

아스카 사람들의 마음가짐과 지혜를 배운다

편백나무가 아무리 쓸 수 있는 햇수가 길다 해도 사용 방법이 그릇되면 수명이 짧아집니다. 앞에서도 이야기했습니다만, 구덩이를 파고 기둥을 세우는 옛날 방식으로는 편백나무도 곧 상해 버립니다. 호류지나 야쿠시지의 동탑이 천 년 이상 건재한 것은 그 시대의 장인들이 훌륭한 지혜를 갖고 있었기 때문입니다.

요즘 사람들은 과학이 발달한 이 시대에 그런 옛날 기술 따위는 케케묵은 것이라며 상대조차 하지 않으려 하지만 그건 뭘 모르는 생각입니다. 얼마 전까지만 해도 콘크리트는 반영구적이라고 믿었습니다. 여러분도 기억하실 테죠? 어쩌면 지금도 그렇게 생각하고 있는 사람이 많지 않을까 싶군요. 연구자나 학자들이 그렇게 말하고 있기 때문입니다. 그래서 수많은 콘크리트 건물이 생겼습니다. 그러나 저는 그렇게 생각하지 않았습니다. 콘크리트라면, 재료가 석회와 모래와 물입니다. 그 결합체가 그렇게 오래 지탱할 수는 없다고 저는 봅니다. 최소한 삼백 년 정도 버텨 주면, 그것으로서도 좋은 건축 재료라 할 수 있겠습니다만, 그 정도가 되기도 그리 쉽지 않습니다. 철근을 넣더라도 반영구적이라고 할 수 없습니다. 그런데 바로 얼마 전까지만 해도 학자들은 옛 건축물의 재건에 철근을 사용하여 수명을 반영구적으로 하자는 얘기를 해 왔습니다.

모두가 새로운 것이 옳다고 믿고 있습니다. 그러나 옛것이라도 좋은 것은 좋은 것입니다. 메이지 시대 이후입니다, 경험을 믿지 않고 학문에 치우치게 된 것은. 그리고 그것은 지금도 변함이 없습니다.

하지만 우리는 천삼백 년 전에 호류지를 지었던 아스카飛鳥 시대[3] 장인들의 기술을 따라갈 수 없습니다. 아스카 시대 사람들은 깊이 생각하고 나무를 살려서 썼습니다. '사용 가능 햇수'란 목재가 되고 난 후의 나무의 생명을 말합니다만, 그것은 건물이 부서진 뒤에도 아직 쓸 수 있다는 의미가 아닙니다. 힘차게 건조물로 살아서 서 있는 기간을 말하는 것입니다.

아스카 시대의 목수들은 나무의 성질을 꿰뚫어 보고, 그것을 이용할 수 있었습니다. 그 위에 일본의 풍토를 잘 이해하고, 거기에 견딜 수 있는 건조물을 지었던 것입니다. 바람이 불고, 비가 내리고, 뜨거운 햇빛을 맞아야 하는가 하면 눈이나 서리도 견뎌야 합니다. 거기다 지진이 있었는데도 천 년 넘게 건재합니다. 그 당시에 천 년이라는 긴 시간을 계산했을 리 없을 테지만 제대로 짓기만 하면 오래도록 가겠지, 라고 생각했겠지요. 정말 잘 만들었습니다.

자주 이야기합니다만, 일본 건축의 본보기가 되었다고 하는 대륙 건물과 일본 건물의 차이는, 일본 건물의 처마가 대단히 깊다고 하는 것입니다. 하지만 본보기가 됐다고 해도 대륙에는 호류지같이 오래된 건축물은 남아 있지 않습니다.

산시山西 성에 있는 포궁쓰佛宮寺의 팔각 오중탑이 유일하게 남아 있습니다만, 그것도 일본 연대로 이야기하자면, 1339년에서 1573년까지 이어진 무로마치 시대쯤입니다. 이렇게 호류지나 야쿠시지의 본보기가 되었음직한 목조 건축은 대륙에서 찾아볼 수가 없습니다.

중국의 포궁쓰와 일본 것을 비교해 보면, 재미있는 게 있는데 그 이야기를 조금 해 보겠습니다.

포궁쓰는 현존하는 중국 최대의 목조 건축물입니다. 그런데 이

포궁쓰의 팔각 오중탑을 도면이나 사진으로 보면 나무 마름질이 투박하고 크며 짜 맞추는 방식도 웅혼한 것이 호류지의 아스카 건축과 일맥상통하는 면이 있습니다. 그러나 그 규모나 장대함은 일본의 건축과 비교가 되지 않습니다.

포궁쓰의 오중탑은 직경이 칠십오 척 팔 촌, 높이가 이백팔 척, 일 층 바닥 넓이가 백사십팔 평이랍니다. 호류지의 오중탑은 높이가 백팔 척, 일 층 바닥 넓이가 열두 평 반에 지나지 않습니다.

팔각은 아니더라도 똑같이 오중인데 말이죠. 그런데 높이는 두 배가 조금 안 됩니다. 이것을 보면 포궁쓰는 크지만 낮고, 호류지는 작지만 높다고 할 수 있습니다. 중국은 덩치가 크고, 일본은 날씬합니다.

그 밖에도 일본에는 팔각 삼중탑이 하나 있습니다. 나가노長野 현 지이사가타小県 군 벳쇼別所에 있는 안라쿠지安楽寺입니다. 여기에는 포궁쓰와 비슷한 시기에 창건된 삼중탑이 있습니다.

이 탑의 직경은 십삼 척 오 촌 이 분. 높이가 육십일 척 오 촌 오 분. 바닥 넓이에서 포궁쓰는 안라쿠지보다 열한 배 넓지만, 높이는 세 배 반이 안 됩니다. 일본의 탑이 얼마나 날씬한지 아시겠지요.

문제는 이러한 형태가 아니라 평면의 넓이에 대한 처마 끝의 넓이입니다. 포궁쓰는 바닥 넓이가 백사십팔 평, 처마 넓이가 백칠 평으로 칠십이 점 삼 퍼센트입니다.

같은 팔각인 호류지의 몽전夢殿은 바닥 넓이가 서른두 평 남짓, 처마 넓이가 마흔세 평 남짓으로 백오십이 퍼센트. 처마가 건물 바닥 넓이의 한 배 반쯤입니다. 안라쿠지의 삼중탑은 약 네 배가 되며, 호류지의 오중탑에 이르면 네 배가 조금 넘습니다.

중국에는 유감스럽게도 목조 건축은 포궁쓰의 팔각 오중탑밖에 남아 있지 않습니다만 상당히 처마가 짧다는 것을 알 수 있습니다. 이것으로 미루어 보자면, 아스카 시대의 장인들이 본보기로 삼았던 중국 건축 또한 처마 넓이가 좁지 않았을까 싶군요.

이것은 중국은 비가 적고, 게다가 돌이나 벽돌로 벽을 쌓았기 때문에 처마가 짧아도 상관이 없기 때문이었을 테지만, 아스카의 장인들은 이것을 표본 삼아 가면서 호류지에다가는 넓이 네 배가 넘는 처마를 둔 건물을 지었는데, 이 점을 어떻게 생각하십니까?

건물에서 처마가 길어진다는 것은 대단한 일입니다. 그만큼 지붕이 무거워지고, 그걸 지탱하는 서까래도 길어집니다. 그러면 그 처마의 무게를 어떻게 받치느냐 하는 문제가 생깁니다. 간단히 처마만 늘리면 되는 일이 아닙니다. 처마를 길게 낸다는 것은 큰 문제입니다. 그것을 감히 해낸 것입니다. 더욱이 조금 늘린 게 아니라 무려 네 배입니다.

저는 이렇게 생각합니다. 거기에 아스카 장인들의 지혜와 자연을 대하는 그들의 마음가짐이 담겨 있다고.

아스카의 장인들은 그들 자신이 살았던 땅의 자연을 깊이 잘 이해하고 있었습니다. 아니 이해라기보다 대자연 덕분에 비로소 살 수 있다는 것을 몸으로 알고 있었다, 체득하고 있었다고 하는 게 옳겠습니다.

비가 많고, 습기가 많은 일본 풍토에서는 처마를 길게 뽑아 비를 막고, 건물을 올릴 기단을 높게 만들어 자연으로부터 오는 습기를 막아야 하는데, 이것을 아스카의 장인들은 알고 있었던 것입니다. 그렇게 해서 구덩이를 파고 기둥을 세우는 그때까지의 방식을 버리고, 대륙으로부터 배운 대로 주춧돌을 사용하는 방법으로 바꾼 것입니다. 이것은 아스카 장인들이 자신들이 사는 땅의 풍토를 깊이 잘 이해한 끝에 이뤄 낸 창조라 해야겠죠.

우리들은 아스카 장인들로부터 배울 것이 상당히 많이 있습니다.

재목을 짜 맞춘 것을 봐도 그렇고, 나무 사용법을 보아도 그런데, 훌륭하다고밖에 할 수 없습니다. 그러므로 호류지의 모든 건물이 지금까지 남아 있고, 야쿠시지의 동탑 또한 창건된 그대로 남아 있을 수 있었던 것입니다. 아스카 시대가 가진 기술의 우수성을 이러한 건물들이 증명하고 있습니다. 남아 있을 뿐만 아니라, 우리들의 눈앞에 건재하며, 지금도 그 아름다움을 잃지 않고 있는 것입니다.

그러면 그것이 죽, 계속 이어져 왔는가 하면, 유감스럽게도 그렇지는 않습니다. 아스카 시대의 힘참, 하쿠호白鳳 시대[4]의 세련, 이 두 시대의 훌륭한 건물은 남아 있는데, 710년에서 784년까지 이어진 덴표天平 시대가 되면 남아 있는 것은 도다이지東大寺, 곧 쇼무聖武 천황이 국정 안정을 위해 전국 각지에 세운 고쿠분지國分寺의 본산인 도다이지의 서대문, 데가이몬轉害門이라고도 불리는 그 서대문뿐입니다. 남대문은 1192년에 시작하여 1333년에 끝난 가마쿠라 시대 때 재건되었고, 대불大佛이 있는 금당은 1688년에서 1704년까지 이어진 겐로쿠 시대 때 재건되었습니다.

전국 각지에 세워진 고쿠분지는 현재 하나도 남아 있지 않고, 다만 사찰 터만이 남아 있을 뿐입니다. 각지에 있던 그 수많은 고쿠분지 건물이 하나도 남아 있지 않다는 건 이상한 일이 아니겠습니까? 그 원인의 하나는 병화로 타 버린 데 있습니다. 그리고 본산인 도다이지 건립에 전국의 유능한 장인들이 거의 다 모이는 바람에, 각지의 고쿠분지에는 일할 사람이 부족했던 것 또한 원인의 하나였을 것입니다. 그와 함께, 고쿠분지를 짓는 데 기술 말고도 부족한 것이 또 있지 않았을까요? 위에서 내려온 명령에 따라 화급히 짓다 보니 목재의 사용에서나 기법에서 목수의 생각대로 할 수 없지 않았을까, 하는 추측도 해 볼 수 있습니다. "나무 짜 맞추기는 나무의 성깔 맞추기."라는 구전이 있는데, 이 구전을 살릴 만한 시간이 없지 않았을까, 하는 것입니다.

건축이라는 것은 대자연의 비바람과 눈보라를 견딜 수 있어야 하기 때문에, 구조에 중점을 두지 않으면 안 됩니다. 아스카 건축은 실로 뛰어난 짜임새를 갖추고 있습니다. 인간으로 예를 들면 천하장사와 같습니다. 샅바 하나만으로, 다른 장식이 없이도 당당하기 이를 데 없습니다. 힘차기 이를 데 없습니다. 고대 건축을 보면 서까래 끄트머리가 기둥 밖으로 튀어나와 있습니다. 그 구조가 처마를 지탱하고 있고, 건축미를 만들어 내고 있습니다. 그것이 시대가 바뀜에 따라, 구조의 본뜻을 잊어 갑니다. 장식으로 달려갑니다. 한번 이렇게 되면, 새로운 것을 좇아서 한 번 쓰고 버리겠다는 식이 돼 버립니다.

호류지 목수 구전은 사찰 건축의 기초를 잊지 마라, 탑이나 당은 어떻게 놓여야 하며, 나무는 어떻게 고르고, 어떻게 사용해야 하는가에 대해 가르치고 있습니다. 이 구전의 내용은 구체적인 체험이 쌓여 온 결과입니다. 그 속에는 대목장이 지녀야 할 마음가짐이 담겨 있습니다. 이 모든 것을 아스카 장인들이 남겨 준 것입니다.

오래된 목재는 보물이다

　오래된 나무는 놀랍게도 만져 보면 따뜻하게 느껴집니다. 그리고 감촉이 부드럽습니다. 해체 수리를 하다 보면, 온갖 시대의 나무들을 만져 보게 되는데, 그 나무들을 통해 옛사람들이 나무를 사용한 방법, 나무를 대하는 사고방식 들을 알 수 있어 흥미롭습니다. 나무를 다루는 지혜에 있어서는 현대의 목수가 옛사람들의 발밑에도 못 미친다고 저는 봅니다.

　우리 궁궐목수들은 호류지나 야쿠시지의 탑 안에 들어가는데, 탑 안에서는 바깥과 달리 건물의 짜임새를 쉽게 볼 수 있습니다. 바깥은 깎아서 매끄럽게 다듬습니다만, 안쪽은 튼튼하게 나무가 서로 겹쳐져 있고, 계산에 빈틈을 찾아볼 수 없습니다. 그 모양이 마치 탑을 지탱하려고 나무들이 격전을 벌이고 있는 것과 같습니다. 이것만 보더라도 옛날 사람들이 나무를 어떻게 생각했는가를 잘 알 수 있습니다. 성깔이 강한 나무를 훌륭하게 살려 쓴 것이 보입니다. 오른쪽으로 비틀린 나무와 왼쪽으로 비틀린 나무를 조화롭게 짜 맞췄더군요.

창건 이래, 여러 시대에 걸쳐서 몇 차례 대규모 수리를 해 왔습니다. 거기에 사용된 재료를 보면, 시대에 따라 나무나 건물을 보는 시각의 차이를 잘 알 수 있습니다.

시대가 지남에 따라, 요컨대 현대에 가까워짐에 따라 생각이 병들어 갑니다. 편백나무를 쓰려는 마음도, 그리고 나무의 성미를 잘 살리고자 하는 마음도 없어졌어요. 선인들이 체험으로 터득해 온 나무에 대한 지혜를 무시하고, 임시방편으로 일을 처리하고 있습니다. 편백나무만이 아니라 느티나무, 솔송나무, 소나무 따위도 목재로 사용했고, 나무를 짜 맞추는 이유를 잊어버린 채 점차 형식을 우선시하고 있는 게 손에 잡힐 듯이 보입니다.

나무에 남겨진 연장의 흔적만 보아도 그 일을 한 사람의 솜씨나 마음가짐을 읽을 수 있습니다. 정성스럽고, 높낮이가 느껴지는 손도끼 자국, 끌로 판 장부에 남겨진 장인의 솜씨. 좌우지간 아스카 당시는 톱이나 제재기를 써서 널판을 켜는 것이 불가능했습니다.

커다란 나무를 쪼개고 다듬어서 널판을 만들었을 것인데, 이건 나무의 성질을 잘 모르고서는 어림없는 일이지요. 오늘날처럼 전동 공구로 하는 일과는 매우 다르지요. 나무를 오랫동안 충분히 건조시키는 일도 그렇습니다만, 나무의 성질을 꿰뚫어 보고, 이건 널판을 짜기에 좋겠구나, 이건 이렇게 켜면 이러한 성질의 널판을 짜기에 좋겠구나 하는 따위로 깊고 깊게 생각해 보았을 겁니다.

그런 과정을 거친 목재는 촉감이 좋고 힘이 있습니다. 아름다움과 힘을 함께 가지고 있습니다. 그러나 널판이 만들어지더라도 그것으로 끝이 아닙니다. 다른 널판과 제대로 들어맞아야 하고, 널판을 지탱하는 기둥 따위의 체목, 즉 서돌과도 조합이 잘되어야 하기 때문이지요. 이것은 해체나 수리를 할 때 금방 알아볼 수 있습니다.

그것이 무로마치 시대부터 엉터리가 되기 시작했습니다. 우선 나무의 성질을 살리지 못하고 있습니다. 그러므로 썩기 쉽고, 따라서 얼마 뒤에는 수리를 하지 않으면 안 되는 사태가 벌어집니다. 지독한 것은 1603년에서 1867년까지 이어진 에도江戸 시대입니다.

1596년부터 1615년 사이, 게이초慶長 시대에 수리한 흔적을 보면, 마지못해 한 일이란 것을 쉽게 알 수 있습니다. 정치 지도자의 명령을 받고 그저 예산 내에서 끝내고자 했겠지요. 신이나 부처를 기린다든가, 일본에 불교를 전파시키려 노력했던 쇼토쿠聖德 태자의 마음을 전하는 건물이라든가 하는 이런 궁궐목수의 마음가짐은 찾아볼 수가 없습니다. 예산 안에서 일을 끝마칠 수 있으면 그것으로 좋고, 그것도 되도록 적은 예산에 끝낼 수 있으면 더욱 좋다, 이런 생각이 있었던 것을 알 수 있습니다. 못 따위도 가늘고 질이 나쁩니다. 전쟁 무기에 쇠가 들어가면서 재료가 부족해 벌어진, 어쩔 수 없는 면도 있었을지 모르지만, 그뿐만이 아닙니다. 자신이 해나가는 일에 최선을 다하려는 자세가 보이지 않습니다.

처마로 나와 있는 나무는 오랫동안 비바람을 맞으면 아무래도 끝이 상해 들어갑니다. 고쳐야 할 곳은 처마 끝 아주 조금인 경우에도 구조물이기 때문에 거기만 간단히 바꿀 수 없습니다. 그것을 그때마다 통째로 바꾸는 것도 쉬운 일이 아니려니와 나무가 아까운 일이기도 합니다. 그래서 안쪽을 길게 남겼습니다. 앞이 썩거나 하여 상하면 거기를 잘라 내고 뒤쪽에 남아 있는 부분을 앞으로 내밀어 맞출 수 있도록 말입니다. 그렇게 고치면 또 한참 동안 갈 수 있습니다. 이러한 것입니다. 나무를 소중하게, 되도록 오래 살려 쓴다고 하는 것은.

그다지 오랜 뒤의 일이 아닙니다, 이런 정신을 점차 잊어버린 것은. 아니 알고 있었더라도 예산이나 명령받은 대로 하면 그것으로 좋다, 뒷일은 나는 모른다. 그렇게 됐을지 모릅니다. 나무에 대한 배려를 버리고 윗사람의 지시만을 따릅니다.

이런 에도 시대의 수리나 나무 다루기를 보면 생각이 오늘날처럼 거칠어져 있습니다. 나무는 정직합니다. 나무에 일한 사람이 남습니다. 일 하나하나에 그 일을 한 사람의 생각까지 나타납니다. 나무는 그런 흔적을 남기는 놀라운 존재입니다.

오래된 목재는 몇 번이고 다시 쓰는 일이 있습니다. 수리할 때 나온 목재를 모아서 다른 곳에 게시8하는 낏인네, 그때 놋의 흔적이 원건물의 재건이나 형식을 생각해 보는 데 도움이 됩니다. 이런 것은 목수가 직접 나무를 다루고 못을 박기 때문에 알 수 있는 것입니다. 이런 일로도 학자와 논쟁했던 적이 있습니다. 학자들은 못 자국 따위가 무슨 도움이 되느냐고 생각합니다. 하지만 못을 박는 방법 역시 각기 다르기 때문에 못이 박힌 흔적을 조사해 보는 것만으로도 여러 가지 것을 알 수 있습니다. 이런 성질의 나무라면 이런 부분에 박았을 테지, 라고 짐작할 수 있습니다.

옛사람들은 오래된 목재를 잘 살려 썼습니다. 그걸 모르는 사람들은 자원을 아끼기 위해 그랬겠지, 혹은 재정이 곤란했던 게 아닐까 하는 생각을 할지 모르지만 그렇지 않습니다.

편백나무는 목재가 돼서도 살아 있어요. 천 년이 지난 뒤에도 대패질을 해 보면 좋은 냄새가 납니다. 기와를 벗겨 보면 탑의 처마가 며칠 뒤에 본래 위치로 스윽 돌아옵니다. 이와 같습니다. 살아 있는 나무는 그 나무가 최후의 수명이 다할 때까지 살려서 쓰는 것이 목수의 일입니다. 그러므로 오래된 나무라도 사용하는 것입니다.

그뿐만이 아닙니다. 오래돼서 좋은 경우도 많지요. 베어서 말리더라도, 건조 기간이 얼마 안 된 나무는 성질이 남아 있습니다. 천 년생의 나무는 천 년이란 긴 세월의 성깔이 붙어 있습니다. 그런 나무는 십 년쯤 건조시켜도 성미가 남아 있는데, 당연한 일입니다. 사람과 다를 게 없습니다. 나무는 오랜 시간에 걸쳐서 수축합니다. 바로 베어 낸 나무는 마르면서 틈이 생깁니다. 목수라면 이런 나무보다는 건조가 잘된, 안정된 나무를 쓰고 싶은 게 사실입니다. 오래된 목재는 이런 성깔이 없습니다. 긴 세월 속에서 사라져 버렸기 때문입니다. 부드러운, 좋은 나무가 됩니다.

이런 나무는 가구나 작은 물건을 만드는 데도 사용하기 좋습니다. 세월이 많이 흘러 무게를 버텨야 하는 서돌로서는 부적합하겠지만 나무 살결이 안정되어 있습니다. 양질의 부드러움이 느껴집니다. 이런 장점이 오래된 목재에는 있습니다. 공예품은 옻칠을 하는 일이 많은데, 그럴 때, 벤 지 얼마 되지 않은 목재는 수분이 남아 있어 시간이 흐르면 그 수분으로 말미암아 썩기 쉽습니다. 오래 마른 목재는 수분이 빠져 있기 때문에 나무 살결이 껄끄럽지 않고 매끄러워서 옻칠하기가 좋습니다. 부드럽다는 건 좋은 것입니다.

그런 걸 쓰지 않고 버린다면 벌받을 일이죠. 오래된 것은 다 좋지 않게 보는 건 잘못된 생각입니다. 새것이 젊어질 수 없는 게 있습니다. 시대가 흐르며 이런 것을 잊어버리게 되면 오래된 것은 다 버려집니다. 안타까운 일입니다. 아직 힘이 남아 있는 나무를 버린다면 그건 죄를 짓는 일입니다. 이런 걸 모르고 자원 보호를 아무리 외쳐 봤자 우스운 일이 될 뿐입니다.

좌우간 오래된 목재는 보물입니다. 다이아몬드나 금은 땅을 파면 또 나오지만 오래된 재목은 그렇지 않습니다. 구할 수가 없습니다. 진짜 쓰기 좋은 나무로 말리는 데 걸리는 시간은 대략 오십 년입니다. 그 정도 말린 나무는 다루기가 쉽습니다. 그런데 요즘은 베고 제재해서 바로 사용하고 있습니다.

목수의 혼이 실린 연장

연장은 목수에게 있어 손의 연장延長과 같습니다. 그 정도까지 연장에 익숙해지지 않으면 안 됩니다. 목수의 일은 머리로 하는 게 아니고, 마지막에는 자신의 솜씨로 일을 마쳐야 하는 것입니다. 그래서 끝낸 일에는 거짓도, 감출 방법도 없이, 그 사람의 솜씨가 있는 그대로 드러납니다.

호류지든 야쿠시지든 일을 한 목수 이름은 어디에도 남아 있지 않습니다만, 그가 한 일만은 천 년이 흘러가든 이천 년이 흘러가든, 다시 말해 건물이 남아 있는 한 남아 있게 됩니다. 기둥에 남은 자루 대패의 흔적, 대들보에서 볼 수 있는 손도끼 자국, 장부에 새겨진 끌의 흔적, 이 모든 것이 그 목수의 솜씨를 일러 줍니다.

목수는, 그가 아무리 훌륭한 이야기를 하더라도, 그리고 좋은 사람이더라도 일을 못하면 아무 소용이 없습니다. 그리고 그 일을 이루어지게 하는 것이 연장입니다. 연장 없이는 솜씨의 좋고 나쁨도 없는 것입니다. 그러므로 장인은 연장을 소중히 다룹니다. 자신은 물론 식구들 밥을 먹일 수 있는 동시에 자신이 어떤 사람인가를 나타내 주는 것이 연장입니다.

물론 그게 다는 아니지만, 우선은 솜씨가 좋아야 합니다. 연장을 보고 과연 그 사람의 솜씨를 알 수 있느냐고 묻는 사람이 있지만, 그렇습니다. 알 수 있습니다. 가장 중요한 것을 어떻게 쓰고 있는가를 보면, 그 사람의 솜씨와 일에 대한 마음가짐이 보이기 때문입니다.

목수의 연장이라면 먼저 날붙이, 요컨대 날이 있는 연장입니다. 그래서 날을 간 부분만 보면 금방 그 목수의 솜씨를 알 수 있습니다. 아무리 유명한 장인이 만든 연장이라도 날을 잘못 갈면 소용이 없습니다.

연장을 가장 잘 쓸 수 있는 나이요? 그것은 젊다고 좋다고만 할 수 없어요. 그렇다고 해서 나이를 너무 먹어도 그렇겠지요. 목수 일은 힘만으로 하는 게 아니지만, 눈이 나빠진다거나 하면 잘하기 어렵습니다. 오가와 미쓰오小川三夫를 제자로 삼은 것이 제 나이 예순

두 살 때였습니다만, 그때는 저도 연장을 그런대로 잘 다룰 때였습니다.

연장이란 그런 것입니다. 기를 쓰며 전력을 다해 다룰 물건이 아닙니다. 나무를 다루는 일이기 때문에 힘이 필요합니다만, 연장을 쓸 때는 힘만으로 되는 게 아닙니다. 힘으로 일을 하면 쉬 피로해집니다. 그리고 연장이 말을 듣지 않게 되면 쉬 피로하게 되고 그 결과 끝마무리가 좋지 않습니다. 일을 깔끔하게 마칠 수 있어야 하는데, 그러기 위해서는 좋은 연장, 말을 잘 듣는 연장, 그리고 그것을 다룰 줄 아는 솜씨가 필요합니다.

장인은 연장에 집착합니다. 우리 아버지 나라미쓰는 아흔이 넘어서도 오가와에게 대패를 사다 달라고 부탁했다고 합니다. "무엇 하시게요?"라고 물으니 "쓰려고 한다."고 대답하더랍니다. 그래서 일 촌 팔 분짜리는 무겁지 않을까 싶어 일 촌 육 분짜리 대패를 사 왔다고 했는데, 목수는 연장에 그만큼 애착이 있는 것이지요.

저는 요즘 연장을 잡는 일이 거의 없지만 언제라도 사용할 수 있도록 준비는 해 두고 있습니다. 오래도록 써 온 연장이기 때문이지요. 군대에 갈 때도 돌아와서는 언제라도 다시 쓸 수 있도록 하나씩 정성을 들여 기름칠을 한 뒤 깔끔히 정리해 두고 갔습니다.

그리고 연장을 물려준다는 말이 있습니다만, 정말로 좋은 연장은 끝까지 사용합니다. 감상용 미술품 따위와는 달리 목수의 연장은 사용하는 것입니다. 그러므로 좋은 것은 남아 있지 않습니다. 끌을 예로 들면 닳고 닳아 마침내는 마치 칼끝처럼 될 때까지 오래도록 사용합니다. 그러므로 좋은 연장은 남지 않습니다.

자루 대패를 복원하여 지금까지 사용하고 있는데, 저는 그 이야기를 기회 있을 때마다 하고 있습니다.

조각 공부를 하던 학생이라 했는데, 자기도 한번 해 보고 싶다더군요. 자루 대패는 처음 만져 보더라도 손재주가 있는 사람이면 금방 익숙하게 다룰 수 있는 공구입니다. 그 학생은 남이 하는 걸 옆에서 보고 따라 했는데도 금방 꽤나 능숙하게 해내더군요. 대팻밥도 좋은 게 나왔습니다. 하지만 날을 갈아 보라 하면, 이것은 눈동냥으로 안 되는데, 그래서는 연장을 쓸 수 있다고 말할 수 없는 것입니다. 연장이란 제힘으로 갈고 자기 뜻대로 사용할 수 있을 때 비로소 쓸 수 있다고 말할 수 있는 것입니다.

최근에는 전기를 사용하는, 일 밀리미터의 몇분의 일까지 정확히 세공할 수 있는 기계가 나와 있는데, 이런 전동 공구는 힘을 믿고 마구 깎거나 잘라 내는 사람과 비슷합니다. 날이 서 있지 않으면 힘으로 밀어붙이게 되는데, 그렇게 되면 아무래도 열이 발생하게 됩니다. 탑니다. 나무 그 자체가 정밀한 것이 아니므로 정밀한 기계는 제 구실을 못합니다. 정밀하게 깎는다고 하지만 그 다음 날 비틀어져 버립니다.

요즘 연장은 옛날 것에 견주어 질이 떨어집니다. 왜 그럴까요? 쇠를 만드는 방법이 다르기 때문이겠지요. 쇠는 단단하기만 하면 되는 줄 아는 사람이 있지만 꼭 그렇다고만은 할 수 없는 것입니다. '잘 든다.'고 합니다만, 부드럽게 잘 드는 것이 좋습니다. 그런데 그런 연장은 좀처럼 만나기 어렵습니다.

단단한 것은 단단한 것을 만나면 쉽게 부러집니다. 좋은 연장은 구부러지는 일은 있어도 부러지는 일은 없습니다. 그리고 시간이 좀 흐르면 구부러졌던 것도 되돌아옵니다. 일본도日本끄나 옛날 이발소의 면도날 같은 것은 좋은 쇠를 써서 만들어 왔습니다.

그런 좋은 쇠와 만나기는 그리 쉽지 않습니다. 쇠를 만드는 방법이 변해서 요즘은 고열에서 재빨리 처리하고 있는데, 좋은 연장을 손에 넣을 수 없다는 것은 목수에게는 매우 딱한 일이고, 그렇게 되면 기술도 바뀔 수밖에 없습니다.

좋은 연장이 있기 때문에 비로소 가능한 기술은 나쁜 연장으로는 쓸 수가 없습니다. 대패질을 한 다음 나무의 면과 면을 맞춰 보면 빈틈없이 딱 들어맞아서 어디 한 군데 틈이 벌어지는 데가 없는 정도는, 일을 배운 장인이라면 누구나 할 수 있습니다. 그런데 시원찮은 연장이나 전기 대패로는 이런 것이 안 됩니다. 그런 기술까지는 필요 없다는 사람도 있습니다만, 그렇지 않습니다.

서툴기 때문에 하지 못하는 것, 요컨대 연장이나 솜씨가 나빠서 하지 못하는 것과 할 수는 있지만 필요 없다는 생각 때문에 하지 않는 것은 다릅니다.

아스카나 하쿠호의 장인은 할 수 있었던 일을 그 뒤로는 할 수 없게 된 것은 연장이나 솜씨의 탓만이 아닙니다. 마음가짐이 느슨해졌거나 나무의 성질을 파악하는 힘을 잃어버린 탓도 큽니다.

이와 같이 연장만이 아니라 그걸 사용하는 사람의 마음가짐이 문제인데, 그것이 연장으로 나타나는 것입니다. 연장의 질이 떨어지면 기술도 마음도 떨어집니다. 그런 것입니다.

요즘은 전동 공구가 많이 나와 있습니다. 그런데 손으로 연장을 다루던 시절과 요즘이 뭐가 다르냐 하면, 자기 대패라면 혼신을 다해 갑니다. 자기가 쓸 대패이기 때문에 온 힘을 다해 가는 것입니다. 정성껏 간 자신의 연장을 허투루 다루는 사람은 없습니다. 하지만 전기 대패라면 콧노래를 부르며 눌러 주기만 하면 됩니다. 혼 따위는 필요 없습니다. 그러다가 날이 잘 안 들면 새 날로 갈아 끼우고, 그러면 다시 잘 들지요. 이런 전기 대패에 정성을 다할 수 있겠습니까? 나무의 표면이 평평해지면 그것으로 좋다고 생각하기 때문에 전기 대패로도 그만입니다.

하지만 전기 대패로 깎은 나무를 잘 보면 매끈하지 않습니다. 보풀이 인 담요와 같은 모양입니다. 전기 대패로 깎는 것과 손대패로 깎는 것은 분명히 다릅니다. 깎는다는 것은 나무 세포와 세포 사이를 깎는 것입니다. 손대패로 깎으면 나무 표면이 깨끗해지기 때문에 물이 고이지 않을 뿐만 아니라 오히려 물을 튕겨 냅니다. 그래서 곰팡이도 생기지 않습니다.

이런 데서 쓸 수 있는 햇수 차이가 생기게 됩니다. 이제 전기 대패와 손대패의 차이가 어느 정도 이해가 갑니까? 직접 손대패를 잡아 본 적이 없는 사람이라면 도리가 없는 면도 있지만, 이런 사람들이 좋은 집을 지을 수 있겠습니까? 나무와 나무를 빈틈없이 짜 맞출 수 있겠습니까? 이런 일이 불가능하다면 그는 목수가 아닙니다. 연장이 쇠퇴해 간다고 하는 것은 그것을 사용하는 목수의 영혼 역시 쇠퇴해 왔다는 것을 의미합니다.

주춧돌, 천삼백 년을 버텨 온 힘의 근원

어렸을 때 저는 할아버지께 자주 주춧돌 놓는 법을 배웠습니다. 호류지의 기둥은 모두 돌 위에 세워져 있습니다. 그 돌을 주춧돌이라고 합니다만, 모든 것의 기초가 되는 것이 주춧돌입니다. 목수들이 하는 일을 보고 있자면, 할아버지가 부르신단 말입니다. 그래서 가 보면, 거기에 커다란 돌이 몇 개 놓여 있습니다. 그 하나를 가리키시며, 그 돌 위에 기둥을 세우고자 한다면, 돌을 어떻게 놓고 기둥을 어떻게 세워야 좋을지 생각해 보라 하십니다.

어린 마음에 생각합니다. 평평한 곳을 찾아서 그 한가운데 기둥을 세우면 좋지 않을까?

얼마 후에 할아버지가 오십니다.

"어떻게 놨어?"

생각했던 것을 말합니다. 그러나 틀린 모양입니다.

"호류지 중문中門 기둥이 어떻게 세워져 있는지 한 번 더 가서 보고 오너라."

보러 갑니다. 그렇습니다. 호류지는 제가 무슨 일을 하든 본보기가 됩니다. 알 수 없는 일이 생기면 호류지 구석구석을 보며 다닙니다. 지금도 그렇습니다. 세월이 흘러도 그것은 변함이 없습니다. 단번에 아스카 장인의 영역에 다다를 수는 없는 일입니다. 모든 기초가 호류지에 있습니다. 아스카 장인들에게 있습니다.

그래서 가서 봅니다. 이것이 천삼백 년 동안이나 서 있었단 말인가, 아직도 튼튼해 보이네! 그런데 내 생각과 어디가 다른 걸까, 이렇게 이런저런 생각을 해 봅니다. 그러나 주춧돌이 어떻게 놓여야만 하는지는 쉽게 알 수 없었습니다. 다만 돌 한가운데 기둥을 세우는 것 정도로, 그렇게 가볍게 주춧돌 놓기를 받아들여서는 안 된다는 것 정도를 알 수 있을 뿐이었습니다.

그래서 몇 번이고 다시 가서 봐야 했고, 야단을 맞아야 했고, 스스로 생각을 해 봐야 했습니다. 이런 과정을 여러 차례 겪게 한 뒤, 가르쳐 주십니다.

"돌의 중심이란 건 무조건 돌의 한가운데 있는 게 아니다. 그런데 보기에 좋다 해서 그곳에 기둥을 세우면 어찌 되겠니? 그곳에 건물의 힘이 전부 실리는데, 그것을 견뎌 낼 수 있겠니? 처음이야 좋을지 모르지. 그러나 시간이 지나면 반드시 흔들린다. 주춧돌이 흔들리면 어찌 되겠니? 주춧돌이라는 건 무슨 일이 있어도 거기에 그대로 있지 않으면 안 되는 것이다. 예를 들어, 건물이 죄다 불타 버리더라도 주춧돌이란 것은 그대로 남지 않느냐? 그것이 주춧돌인 것이다."

주춧돌 위에 기둥 세우기는 간단한 것 같지만, 상당히 어려운 일입니다. 우선 기둥을 세울 곳을 파야 하고, 잔돌을 넣고 굳게 다져야 합니다. 거기에 찰흙을 깔고 주춧돌이 될 돌을 놓습니다. 그 놓는 방법이 아까 전의 이야기입니다. 중심 위에 기둥이 오도록 돌을 놓아야 합니다, 주춧돌을 안정시키기 위해서는. 그러므로 깊이 생각하지 않으면 안 됩니다.

돌 위에 기둥을 세워야 하지요. 콘크리트가 아니라 자연석입니다. 자로 잰 듯 평탄한 콘크리트 위에 기둥을 놓고 나사를 조이면 그만이 아닙니다. 자연석이기 때문에 각각 돌의 표면이 다릅니다. 걸음쇠나 줄자와 같은 연장으로 돌의 요철에 따라 표시를 하고, 거기에 맞춰서 기둥을 파야 합니다. 이 작업은 상당히 어렵습니다. 하지만 이런 주춧돌이 있기 때문에 건물이 천삼백 년이나 버티는 것입니다.

단지 작업이 빠른 것만으로 좋다면, 콘크리트나, 쪼개서 평평하게 만든 돌을 사용하는 쪽이 좋겠지요. 돌을 평탄하게 자르는 일 정도는 벌써 그때도 어려운 일이 아니었습니다. 그러나 그렇게 하지 않았던 것입니다. 번거롭다 생각지 않고 생긴 그대로, 하나하나 다 다른 자연석에 맞춰서 기둥을 팠던 것입니다.

그쪽이 튼튼했기 때문입니다. 기둥으로 쓰인 나무는 모두 개성이 있고 강도 역시 다릅니다. 그것이 똑같은 돌 위에 세워질 경우 나오는 힘은 똑같을 수 없습니다. 지진이 오면, 일제히 흔들립니다. 현대 건축의 기초는 나사로 고정돼 있기 때문에 모두 한 방향으로 흔들릴 뿐 충격을 흡수할 만한 여유가 없습니다. 모든 기둥이 같은 방향으로 요동치게 됩니다. 군대의 행진과 같습니다. 일치가 돼서 좋을 것 같지만 한쪽으로 흔들리는 건물은 진동을 견뎌 낼 수 없습니다. 위로 갈수록 흔들림이 커지기 때문에 마침내는 무너져 버립니다. 이처럼 일치돼 있는 것이 좋기만 한 것은 아닙니다.

자연석 위에 세운 기둥 밑바닥은 모양이 가지각색입니다. 지진이 와서 흔들리더라도 힘을 받는 방향이 다릅니다. 그리고 뭣보다도 나사 따위로 고정되어 있지 않습니다. 그러므로 지진이 오면 흔들리며 어느 정도 기둥이 어긋날 테지요. 그러나 곧 원래대로 되돌아옵니다. 그런 각기 다른 '높'이 있는 움직임이 지진의 요동을 흡수하는 것입니다.

그것을 계산해 낼 수는 없습니다. 이렇게 오면 이렇게 움직일 것이다, 이런 것 전부를 알 수는 없기 때문입니다. 나무의 강도도 모두 다르고, 돌의 진동도 모두 다르기 때문입니다. 그럼에도 이 방법이 좋다는 것을 호류지의 건물이 증명해 보여 주고 있습니다.

일본의 목소 선숙이 주춧돌 임으로 상수하게 됐다는 것은, 주춧돌을 놓을 때 단지 돌 위에 기둥을 세워서 기둥이 썩는 것을 방지하려는 데 그치지 않았다는 걸 뜻합니다.

학교나 책에서는 배울 수 없는 것

목수가 존경받지 못하게 된 것은 1867년부터 1912년까지 이어진 메이지 시대 때부터입니다. 그 시대에, 건축물과 건축학자로 나뉘지고, 일꾼과 학자로 갈라진 뒤부터입니다. 서양 학문이 들어오고 건축학이라는 것이 위세를 떨치며, 직접 나무를 다루는 목수가 아닌 사람들, 곧 설계사들이 설계를 하게 되고부터입니다. 하여간에 메이지 시대 이후부터 건축학자라는 것이 생겼고, 건축 설계 사무소가 생기며 분업이 됐습니다. 설계는 설계 사무소, 견적은 견적이라는 식의.

옛날 대목장은 목재 하나, 돌 하나를 고르는 것에서부터 모든 일을 자신의 책임 아래 했습니다. 그런데 지금은 목재는 목재상, 돌은 석수장이라는 식이 됐습니다. 게다가 연장을 약간만 다룰 줄 알면 벌써 장인 행세를 합니다.

학자가 있고 건축물이 있는 게 아니라, 건축물이 있고 비로소 학문이 있는 것이 아니겠습니까. 아스카 양식이라든가 하쿠호 양식이라고 합니다만, 그것은 뒷날 붙여진 이름이지요. 그렇지요, 뭐든지 계산이나 형식에 끼워 넣어 생각하기 때문에 매사가 사리에 어긋나게 되는 것입니다.

콘크리트나 철근 따위라면 실험을 통해 강도나 쓸 수 있는 햇수를 계산할 수 있을지 모릅니다. 그러나 나무는 그렇게 할 수 없습니다. 현대 건축을 보더라도 그렇습니다. 무엇이 됐든 나 머릿속 계산으로만 하려고 듭니다.

예를 들어, 어떤 당에 처마를 건다고 합시다. 처마는 지붕 귀퉁이를 받치는 매우 중요한 나무입니다. 저는 거기에 쓸 나무를 보고, 이 나무는 조금 약할 것 같으니 살짝 올려놓고, 이 나무는 강하기 때문에 그대로 좋다고 말합니다. 그런데 이런 것을 건축학자나 설계사는 모릅니다. 그뿐만 아니라 설계도대로 하지 않으면 마음에 들어 하지 않습니다. 그래서 호류지에서도 이런 문제로 시끄럽게 말들이 많았습니다. 그러나 설명을 해도 잘 알아듣지 못합니다. 그렇게 하면, 설계도의 치수와 틀리지 않느냐고 합니다. 저는 "알았습니다. 설계도대로 하겠습니다."라고 대답을 합니다. 그런데도 또 뭔가 지시를 하려 들면 "예예, 알았습니다."라고 합니다. "저한테 맡겨 주십시오. 그렇게 할 테니." 그런 다음 제 생각대로 하는 것입니다. 모두 눈앞의 것밖에 모르고 있습니다. 뭣이건 그 당시만, 겉모양만 좋으면 그것으로 좋다고 생각하고 있습니다.

하지만 나무는 살아 있습니다. 계산대로는 되지 않습니다. 한 그루 한 그루 성질이 다릅니다. 그것이 본디 나무의 모습입니다. 인간도 마찬가지입니다. 자라난 장소나 기후, 바람과 햇볕을 받은 양이나 세기가, 그리고 성질까지 다 다른 것입니다. 그것을 모두 똑같은 것으로 계산하고, 그 설계도대로 하면 좋다는 것입니다. 그렇지만 지어진 건물은 그 뒤 몇십 년, 몇백 년, 건물에 따라서는 천 년 넘게 서 있도록, 남겨지도록 해야 하는 것입니다.

우리는 편백나무를 써서 탑을 지을 때 적어도 삼백 년 후의 모습을 생각해 가며 짓습니다. 삼백 년 뒤에는 설계도 같은 모습이 될 거라는 생각을 가지고 서까래와 들보를 올리는 것입니다.

이런 것은 학교나 책에서는 배울 수 없습니다. 목수나 장인의 길은 몸으로 배우고, 경험을 통해서 배우는 학문인 것입니다. 그것이 무시되고 있습니다. 무엇이든지 계산할 수 있다고 생각하고 있습니다. 그리고 그런 학문이 중요시되고 있습니다. 책 속이나 의논만이라면 그래도 상관없겠죠. 하지만 우리는 실제로 당이나 탑을 짓지 않으면 안 됩니다. 크고 훌륭한 건물을 짓고 있습니다만, 그렇다고 이름이 남는 것도 아닙니다. 지은 건물만이 남아서 판단의 대상이 됩니다. 그러므로 우리가 의지하고 믿는 것은 선인들이 남겨 준 지혜와 쌓아 온 경험입니다. 그리고 감입니다. 직감입니다. 오랫동안 나무를 다루며 쇠망치로 못을 박아 온 경험이 가르쳐 주는 감입니다.

그러므로 우리들도 완벽하다고는 할 수 없습니다. 그래서 어떻게 하느냐 하면, 정성껏 하는 수밖에 없는 것입니다. 자신이 할 수 있는 일을 온 정성을 다해 한다, 이것뿐입니다.

나무를 다루는 사람만이 알 수 있는 일

　지금까지 훌륭한 학자들과 여러 차례 논쟁을 했습니다. 저는 목수이기 때문에 아는 것이 있습니다. 현장에서 나무를 직접 다루기 때문에, 각 시대의 나무 마름질이나 구조에 대해 아는 게 있습니다. 그러나 이런 현장의 의견을 잘 들어주지 않습니다. 학자들은 건축 양식을 연구해 자신의 학설을 세우고 그 학설을 주장합니다. 그래서 학자와 논쟁을 하게 됩니다.

　그렇다고 좋아서 논쟁을 하는 것은 아닙니다. 상대가 그릇되어 있다 싶을 때 제 의견을 이야기하는 것입니다. 잘 들어주지를 않습니다만, 그렇더라도 학자들의 잘못된 의견대로 지을 수는 없지 않겠어요? 그러므로 '틀렸다.'고 생각이 되면 말할 수밖에 없는 것입니다.

몇 가지 이야기를 해 볼까요. 공훈담이라고요? 그렇게까지 이야기할 것은 못 됩니다. 현장에 있는 목수이기 때문에 알 수 있는 게 있고, 학자이기 때문에 틀릴 리 없다고는 할 수 없다는 맥락에서 하는 이야기라 생각하며 들어 주십시오.

그 하나가 호류지 동실東室에 관한 이야기입니다. 동실의 해체 수리를 1957년에 시작하게 되어, 저도 그 복원 조사 사업에 참가하게 됐습니다. 동실은 무로마치 시대 건축물로 문화재로 지정이 돼 있습니다. 그런데 저는 이전부터 목수의 감으로 왠지 동실은 무로마치 시대의 것이 아니지 않은까 히는 생각을 하고 있었습니다.

조사 방법은, 가장 새롭다 할 수 있는 에도 시대의 목재 이음법을 정확하게 파악하여, 그것을 기준으로 무로마치, 가마쿠라 이렇게 시대를 거슬러 올라가며 진행해 가는 것이었습니다. 호류지의 동실이 무로마치 시대에 지어진 것이라면 그 이전 시대인 가마쿠라·후지와라·덴표 시대의 기술이 보일 리 없잖습니까? 그런데 조사를 해 보니, 아무래도 덴표 시대까지 거슬러 올라가게 되는 것이었어요. 이 조사 결과를 나라奈良 문화재 연구소 분들이 확인하고, 그때까지 국가에서 무로마치 시대의 것으로 지정했던 건물을 덴표 시대의 것이라고 고쳐서 쓰도록 한 일이 있습니다. 이것은 제가 아스카·하쿠호·덴표 시대 건물을 많이 만져 본 목수이기 때문에 가능했던 일입니다.

그리고 호류지의 금당 이야기가 있습니다. 학자들 사이에서 꼭대기 지붕은 다마무시노즈시玉蟲廚子[5]와 같은 모양의 시코로부키葺錣き[6]라는 게 정설이었습니다. 그러나 목수인 제 의견을 말하자면, 금당은 다마무시노즈시 같은 휘어짐은 불가능합니다. 이것이 금당 복원 때 논쟁거리가 됐습니다. 다마무시노즈시는 작은 세공물이므로 어떤 모양의 지붕이든 가능합니다. 그러나 금당과 같은 대형 건물에서 처마 끝을 더 크게 휘게 하라고 하면, 그건 어렵습니다. 그런데 그 점을 아무리 설명해도 결말이 나지 않는 것이었습니다. 목수의 이의를 들어주지 않는 것이었습니다. 그래서 위원회 선생님들을 현장으로 불러서 그때까지 모은 자료를 근거로 현장에서 실제로 짜 맞춰 보였습니다. 학자는 학설이나 양식은 이야기할 수 있습니다만, 스스로 조립을 하지는 못합니다. 저는 목수입니다. 목수가 해 보였던 것입니다. 이렇게 해서 이렇게 되기 때문에 시코로부키가 아니다, 이렇게 직접 해 보면 알 수 있는 것처럼 금당의 지붕은 아무래도 팔작지붕이라고.

아무도 아니라고는 하지 않았습니다만, 그렇다고 "그렇다. 우리들이 잘못 알고 있었다."고도 하지 않았습니다. 다들 한 마디도 하지 않았습니다. 금당의 지붕이 팔작지붕이라는 건 납득해 주었지만, 이번에는 지붕 양옆에 있는 합각 장식의 양식이 정해지지 않는 것이었어요. 해체 전의 것은 들보 중앙에 떡 모양의 동자기둥이 있는 고오료타이헤이즈카虹梁大瓶束 형식이었습니다.

이것은 게이초 시대에 낡은 형식을 깨고 고오료타이헤이즈카식으로 바꿨던 것을 조사로 알 수 있었습니다. 그럼 그 이전에는 어떤 모양이었느냐 하면, 그 시대는 이런 양식이 아니었을까, 하는 이것이야말로 추론입니다. 그런데 지붕 아래에서, 쓰고 남은 걸 버린 듯한 옛날 목재를 여기저기서 발견할 수 있었습니다. 그 나뭇조각들을 조사하고 짜 맞춰 가는 사이에 옛날 형태대로 양쪽에 八자 모양의 부목을 붙인 직선의 동자기둥이 있는 합각을 복원할 수 있었습니다. 합각의 모양은 그 건물의 품위와 격식을 결정하는 대단히 중요한 양식입니다. 동자기둥은 쪼구미라고도 부릅니다.

이 일은 제 경험 가운데 얼마 안 되는 일부분의 이야기입니다만, 실제로 나무를 다루는 목수이기 때문에 알 수 있었던 것입니다. 목수는 경험을 살려, 현장에서 나무를 보고 모든 것을 생각하고 추측해 갑니다.

장인과 건물이 학자보다 먼저다

할아버지가 자주 하시던 말씀이 있습니다. 옛날에는 학자보다 장인이 위였다. 메이지 시대에 서양 학문이 들어오고 사고방식이 서양화되고부터 학자가 위가 되고 직접 일을 하는 장인을 아래로 보게 됐다. 이해할 수 없는 일이지. 그러니 이제부터는 장인도 학문을 해서 똑바로 하지 않으면 안 돼, 라고.

학자라지만 어느 정도 깊이 있는 학문을 하고 있느냐는 게 문제겠지요. 학자라는 사람들은 책은 꽤 읽고 있습니다만, 실제 일은 잘 모릅니다. 그런 데다 자신의 학설에 사로잡혀 있습니다. 이것이 문제입니다.

학자들이란 집을 지을 수는 없는 사람들입니다. 이것은 대륙의 양식이다. 저것은 인도 양식이다. 인도로부터 이렇게 들어와 이렇게 되었다. 이런 것은 잘 알고 있습니다만, 건축 그 자체, 서돌이라든가 재료에 관해서는 학문이 다루지 않고 있는 것입니다. 아니 못 합니다. 학자들은 처마를 어떻게 해야 하는지, 소로[7]가 무엇인지 모릅니다. 그런 건 직접 해 보지 않는 한, 직접 경험을 한 뒤에 학문을 한다거나 연구를 하지 않지 않는 한, 알 도리가 없는 겁니다.

재건축 회의에서는 잘 알고 있는 게 아니면 함부로 말할 수 없습니다. 그래서 우리들도 열심히 조사를 한 뒤에 회의에 임하고자 하고, 그래서 이 조사에는 혼신의 힘을 쏟고 있습니다. 천장 위에 놓여 있는, 쓰고 남아 버린 듯한 목재를 히니 하나 소사해, 이것은 뭐로, 어떠어떠한 재료인데, 요렇게 쓰였군, 이렇게 샅샅이 살핀 뒤에 이 형식은 이런 것이라고 의견을 내놓게 되는 것입니다.

그런데 논쟁이 되면, 학자는 그 시대는 이런 양식이었을 것이다, 저 사찰은 이러이러했고, 여기는 이렇게 되어 있기 때문에 이렇지 않으면 안 된다는 식으로 이야기를 합니다. 이건 거꾸로입니다. 먼저 양식을 생각하고 있는 것입니다. 그래서는 안 됩니다. 현재까지 남아 있는, 그 당시에 쓰고 남아 버려둔 목재 조사부터 해야 합니다. 우리의 생각 이전에 건물이 있기 때문입니다.

먼저 장인과 건물이 있고 나서 나중에 그것을 학자가 연구하는 것이기 때문에, 먼저 우리가, 목수가 있는 것입니다. 학자가 먼저 있는 것이 아닙니다. 장인이 그보다 앞서 있었던 것입니다.

탑의 재건에 철근을 쓰는 게 어떠냐는 학자에게 저는 이렇게 말했습니다. 철근을 사용하면 기껏해야 이백 년밖에 못 간다, 나무로 지으면 천 년은 간다, 여기 이 호류지에는 나무만으로 천삼백 년이나 살아온 탑이 있지 않느냐, 라고.

눈앞에 그것을 증명하는 건축물이 서 있는데도 도통 듣지를 않습니다. 호류지의 삼중탑에서도 그랬고, 야쿠시지의 금당에서도 논쟁을 하고 말았습니다.

체험이나 경험을 믿지 않습니다. 책에 적혀 있는 것이나 논문 쪽을 눈앞에 있는 건물보다 중요하게 여기고 있습니다. 학자들과 오랫동안 만나 오고 있습니다만, 동감하기 어려운 세계입니다, 그쪽은.

그러나 그 속에서도 우리들의 이야기를 들어주는 학자들도 있었고, 자신의 학설에 얽매이지 않는 이들도 있었습니다. 그런 사람이 진정한 연구자가 아닐까, 저는 그렇게 생각합니다.

3부
싹을 기른다는 것

도제 제도를 다시 살핀다 | 똑같은 것은 하나도 없는 나무를 기르듯이 | 아이의 싹을 찾아내 기르는
어머니처럼 | 제힘으로 뿌리내릴 수 있게 | 쓸모없는 것은 없다 | 섣부른 칭찬은 독이다 | 굽어진 것
은 굽어진 대로, 비뚤어진 것은 비뚤어진 대로

도제 제도를 다시 살핀다

　중국의 노자老子라는 이는 교육은 인간을 망가뜨린다고 이야기하고 있습니다. 태어난 그대로가 좋다는 것이겠지요. 인간은 모두 자연 속에 살며 자연의 은혜 덕분에 살아가고 있습니다. 건축도 그렇습니다. 자연을 떠나서는 얘기가 안 된다는 것입니다. 모든 것이 자연 안에서 일어나는 일입니다. 그러므로 자연을 잘 이해하지 않으면 안 됩니다. 자연을 무시하고서는 좋은 건축물을 지을 수 없습니다.

　가르친다거나 제자를 기른다는 것도 이 자연 속에서 이루어지는 일인데, 오늘날의 교육은 자신부터, 곧 가르치는 쪽부터 편견을 가지고 있고, 비뚤어져 있습니다.

　대목장이 제자를 기를 때 하는 일은, 함께 밥을 먹고, 함께 생활을 하며 본을 보일 뿐입니다. 연장을 봐 준다거나, 가는 방법을 가르친다거나 하지 않습니다. 일절. 다만 "이렇게 깎이도록 갈아 봐라." 하고 직접 해 보일 뿐입니다. 제자로 들어올 때는 목수가 되려는 마음이 있습니다. 그런데 대개 하나하나 가르침을 받고자 하는, 그저 가르쳐 주기만을 바라는, 마치 옷과 같은 것을 덮고 있는 경우가 많습니다. 그런 마음은 빨리 버려야 합니다. 함께 생활해 가며 스스로 이 옷을 벗지 않으면 안 됩니다. 그 옷은 가르치는 이가 벗기는 것이 아니라, 제자 스스로 벗는 것입니다. 스스로 벗을 마음이 없으면 기술은 전해지지 않습니다. 그래서 세사가 오더라도 하나하나 자상하게 가르치는 일이 없습니다. 본을 보인 뒤는 그 사람의 능력입니다. 아무리 자세히, 하나하나 가르쳐 봐도 그 사람의 능력 이상은 불가능합니다.

하지만 학교나 오늘날의 교육은 다릅니다. 일일이 손을 잡고 자상하게 가르칩니다. 학생이 모르면 가르치는 방법이 나쁘다고 합니다. 그래서 그때는 이렇게 하고, 이럴 때는 이렇게 하는 게 좋다고 대단히 꼼꼼하게 가르칩니다. 그래도 모르면 책을 읽으라고 합니다.

우리는 일체 그런 일이 없습니다. 책은 읽지 않아도 좋다, 견습 때는 텔레비전이나 신문도 멀리하는 것이 좋다, 이렇습니다. 이런 까닭에 도제 제도를 오늘날의 교육에 물이 든 사람들은 도무지 이치에 맞지 않는, 낡고 케케묵은 방식이라고 생각합니다. 하지만 제 경험으로는 도제 제도 쪽이 가장 빠른 길입니다.

이치를 늘어놓기보다는, 정말 일러 주고 싶은 마음이 있다면 직접 해 보이는 쪽이 더 좋은 것입니다. 형식적으로 외기만 하고, 다시 말해 제대로 이해를 못 하더라도 그때만 알았다는 느낌이 드는 것으로 좋다면, 말로 전해도 좋습니다. 선생이 한 말을 제자가 따라 하고, 그것으로 좋습니다. 그 다음에는 책이라도 읽고 있으면 그것으로 좋다고 여깁니다. 거기 스승 따위는 필요 없습니다.

하지만 그렇게 해서 기술을 익힐 수 있겠습니까? 목수는 그때그때 시험에 통과하기만 하면 된다는 식으로는 안 됩니다. 일을 익히면 그것을 가지고 일생 밥을 벌고, 식구를 돌보고, 이웃을 위해 집을 지어야 합니다. 그런데 집을 짓는 건 머릿속 지식이 아닙니다. 자신의 손으로 나무를 자르고 깎지 않으면 안 됩니다. 그럴 때 머릿속 지식은 아무런 도움이 안 됩니다.

배우는 쪽은, 더 잘 가르쳐 주면 좋겠는데, 이걸로는 부족한데, 나는 아직 초짜배기라서 스승하고는 처지가 다르잖아, 이런 여러 가지 생각이 떠오릅니다. 스승이 이렇게 말하니 이렇게 해 보자, 이 방법으로는 안 되네, 이렇게 하면 어떻게 될까, 역시 안 되네, 이렇게 바꿔 보면 어떨까, 이렇게 온갖 고민을 하게 되고 그 속에서 생각합니다. 이런 것이 교육 아니겠습니까? 제힘으로, 스스로 생각하고 습득해 가는 것입니다.

그런데 학생이 마침내 저 혼자 생각을 하기 시작할 때 부모나 학교의 교사는 "뭘 하고 있어? 빨리 해, 머뭇거리지 말고.", "그럴 때는 이렇게 하는 거야, 이 멍청아."라며 생각의 싹을 따 버립니다.

한편 스승이 하는 말을 받아들이지 않으면, 다시 말해 자기 생각으로 차 있으면 스승이 하는 말을 알아들을 수가 없습니다. 순진한 마음이 아니면 배움은 일어나지 않습니다. 스승을 향해 마음이 열려 있어야 합니다. 그래야 전해집니다. 이런 자리로부터 길을 찾아 나아가게 되는 것입니다. 이런 건 말로 설명해 봐야 복잡하기만 할 뿐입니다만, 이런 뜻의 이야기를 직접 제자에게 합니다.

제자는 처음에는 아무것도 모르는데, 그쪽이 좋습니다. 아무것도 모른다는 것을 알지 않으면 안 됩니다. 책을 통해 얻은 예비지식을 가지고 이런 게 아니겠나, 하는 생각을 해서는 안 됩니다. 머리로는 기억을 하고 있을지 몰라도, 손에는 아무런 기억이 없기 때문입니다. 머리만이 아니라 몸으로 익히러 오는 것이 제자입니다. 기술은 기술만으로 몸에 붙는 게 아닙니다. 기술은 마음과 함께 진보해 가는 것입니다. 일체지요.

교육은 가르치고〔教〕, 기른다〔育〕로 돼 있습니다. 그런데 도제 제도에서는 '기른다.' 뿐입니다. 함께 살며 피부로 느끼지 않으면 안 됩니다. 제자 쪽에서는 '배우는' 게 있을지도 모르겠습니다만, 생각하는 것은 그 자신입니다. 제 생각을 가지고 해 봅니다. 그것을 몇 번이고 거듭해서 손에 기억시켜 갑니다. 머리와 손을 연결시키는 일은 쉽지 않습니다. 하지만 반복 속에서 점차 알게 되고 할 수 있게 됩니다. "이렇게 하라."며 곁에 있을 수 있는 게 아니기 때문에, 혼자 해 보는 가운데 스승의 방법과 비슷해지고, 가까워지는 것입니다. 시간이 걸립니다. 학교라면 이렇게 할 수 없습니다. 하려는 마음이 있어도 할 수 없습니다.

그리고 학교는 가르치는 곳이라고 생각하는 사람이 많습니다. 그래서 학생을 모두 똑같은 능력을 가지고 있는 것처럼 대합니다. 사실은 다 다르다는 것을 잘 알고 있으면서도 학교 쪽에 좋게 모두 똑같은 것처럼 여기고 있는 것입니다.

도제 제도는 애초부터 가르치는 게 아니라 기르는 것이기 때문에 똑같다고 생각하지 않습니다. 같을 리가 없잖습니까. 부모가 다르고, 환경이 다른 데서 자란 이들이 똑같을 수가 있습니까? 형제도 다르잖습니까?

그 차이를 처음부터 잘 보고 있습니다. 따라오는 것은 제자 쪽이므로 거기에 맞춰 가지 않으면 안 됩니다. 하나를 익히지 못하면 다음으로 나아갈 수 없습니다. 모든 것이 그렇습니다만, 기초를 확실히 닦지 않으면 앞으로 나아가지 못합니다. 목수 수업의 기초는 연장 갈기입니다. 연장 갈기는 모든 연장과 관련이 돼 있습니다. 그러므로 여기서 시간이 걸리더라도 손해 볼 게 없습니다. 오히려 납득이 갈 때까지 이 단계에서 고생을 하는 쪽이 좋습니다. 그 길 말고 다른 길이 없습니다.

우리는 늘 함께 있으므로 제자가 무슨 생각을 하고, 무슨 일을 하고 있는지 알 수 있습니다. 이것이 좋습니다. 요즘 아이들처럼 혼자 있는 데 익숙해져 있는 이에게는 힘든 일일지 모릅니다만, 침식을 함께 한다는 건 모든 것을 피부로 느낄 수 있다는 장점이 있습니다. 학교를 다니는 것처럼 일터에만 다녀서는 안 됩니다.

물론 잘못되거나 성실하지 못한 행동을 보이면 야단을 칩니다. 일에 관련된 것만이 아닙니다. 인사, 청소하는 법에서부터 젓가락 사용법에 이르기까지를 아우릅니다. 목수란 일과 관련되어 있습니다만, 목수이기 이전에 인간입니다. 목수라는 일을 가진 인간입니다. 어느 면에서나 엉성한 데가 있어서는 안 됩니다. 어딘가 결함이 있으면, 그것이 반드시 일에서도 나타나기 때문입니다.

궁궐목수의 일은 몇 년이 걸리는 긴 작업이 많기 때문입니다. 그리고 여러 사람과 함께 일을 하게 되면 그 사람의 성격이나 인간성이 나타나기 때문에 비뚤어지도록 길러서는 안 되는 것입니다.

물론 쉽지 않습니다. 어려운 일입니다. 학교에서 배우는 쪽이 편하고 좋습니다. 머리와 말만으로 습득할 수 있는 쪽이 편합니다. 목수 일은 긴 말단 생활, 요컨대 견습 기간과 고생이 요구됩니다. 이런 어려움을 넘어가지 못하면 도중에서 주저앉게 됩니다. 큰 건물을 짓는 것은 시간이 걸리는 일입니다. 우리조차 '이게 과연 가능할까?' 하는 생각이 들 정도입니다.

"오늘부터 대목장에 명한다."는 말을 들었을 때는 기쁜 한편 마음속으로, 과연 내가 해낼 수 있을까, 하는 생각이 떠오릅니다. 그러므로 손을 잡고 하나하나 가르쳐 온 제자는 일을 완수하지 못하고 도중에 넘어져 버립니다. 그러나 자기 힘으로 여기까지 왔다는 자부심이 있는 자는 해냅니다. 오랜 시간에 걸친 고생이 이런 때 저

력으로 나타나기 때문입니다.

그런데 기술을 가르친다, 제자를 기른다는 건 이런 것만으로 안 되는 또 다른 어려움이 있습니다. 저는 오가와가 제자가 되고 싶다며 왔을 때도 세 번이나 되돌려 보냈습니다. 호류지의 대수리가 벌써 끝난 때라서 일이 없었기 때문입니다. 목수의 일은 결국 현장에서 배우는 것입니다. 이제까지 한 번도 본 적 없는, 어마어마하게 큰 나무를 깎아 그것으로 기둥을 세웁니다. 천 개가 넘는 건축 재료를 하나하나 맞춰 나갑니다. 그리고 마침내 가림막을 벗기면, 우리들이 지은 건물이 한눈에 드러납니다. 그러면, 마침내 해냈구나 하는 감격과 함께, 내가 한 것에 잘못은 없었을까, 어디가 개운치 않은데 문제는 없을까, 괜찮을까, 하는 걱정이 동시에 솟아오르는 것입니다.

이것은 실제로 해 보지 않고서는 도무지 알 길이 없는 세계입니다. 그러므로 일이 없으면 제자를 둘 수 없습니다. 제자를 기를 일이, 그 마당이 없기 때문입니다. 목수의 일이란 그동안 배운 것을 현장에서 실제로 나타내 보일 수 있어야 합니다. 모르는 것도 직접 해결하지 않으면 안 됩니다. 그걸 풀어내지 못하면 건물을 세울 수 없기 때문이지요. 이런 이유로 현장이 필요한 것입니다. 큰 건물을 짓다 보면, 아니 어떤 건물을 짓거나 간에, 생각도 하지 않았던 일, 예상치 못한 일이 반드시 나타납니다. 그것을 피해서는 일이 안 됩니다. 그것이 세상입니다.

그걸 저는 오랜 기간에 걸쳐 훈련받았고, 들어 왔습니다. 스스로 해 보기도 했고요. 그런데도 현장에서 과연 그렇구나, 하고 처음으로 알게 되는 게 많습니다. 저는 할아버지께 대목장이란 이런 것이다, 나무 사용 방법은 이렇다, 구전에 이렇게 전한다, 라는 이야기를 귀가 닳도록 들었기 때문에 이제는 혼자서도 할 수 있지 않을까, 하는 생각을 했지만 할아버지가 말씀하신 구전의 의미를 제대로 알게 된 것은 호류지의 금당을 해체 수리하면서부터입니다. 그때는 벌써 대목장이 된 지 팔구 년이 지난 뒤였는데도 그랬습니다.

그 말은, 다시 말해 구전이나 할아버지 말씀은 머릿속에 들어 있었지만, 그것이 실제로 어떤 것인지는 그때까지는, 말하자면 금당 해체 수리를 하기 전까지는 몰랐던 것입니다. 이와 같이 해 보지 않고서는 알 수 없는 것입니다. 목수의 수업은 전부 그렇습니다. 실제 경험을 통해 하나하나 익혀 가는 것입니다.

선인의 경험을 하나의 지식으로, 그것을 양식으로 삼아 그 위에 쌓아 간다고 할 수 있습니다. 경험은 말만으로는 배울 수 없는 것입니다. 경험은 바닥부터 기초를 쌓고, 반복 속에서 익혀 가야 하는 것이기 때문에, 장인이 되기란 무척 힘겹습니다. 그런데 세상에는 이러한 것을 모르는 어머니가 많습니다. 우리 애는 머리가 나쁘니 목수라도 시켜야겠어요, 라고 합니다. 잘못된 생각입니다. 처음부터 스스로, 제힘으로 배우지 않으면 안 됩니다. 생기기를 모자라게 생겼으니 장인을 만들 수밖에 없다는 이야기를 합니다만, 그렇지 않습니다. 그렇다면 오히려 학교에 가는 쪽이, 회사에 들어가는 쪽이 좋습니다. 조직 속이라면 조금쯤 근성이 부족하더라도 목을 움츠리고만 있으면 그런대로 넘어갈 수 있는 길이 있습니다.

이야기가 조금 바뀝니다만, 배우는 제자 쪽도 힘들여 인내해야 하지만, 가르치는 쪽도 쉽지 않습니다. 자비심이랄까 인내심이 대단히 많이 필요합니다. 그게 없으면 해낼 수 없습니다. 싹이 트기까지 참고 견디지 못하면 끝장입니다. 가르치는 쪽이 참아 내지 않으면 안 됩니다. 학교 선생님은 교육이 일이지만 우리는 아닙니다.

도제 제도는 지나친 데가 있을지도 모릅니다. 아무튼 모든 것을 스승에게 맡기고 있기 때문입니다. 스승이 어떤 사람이냐에 달려 있습니다만, 참을성이 없는 스승이라면 두들겨 패게 됩니다. 그래서 제자가 따라가지 못하고 마는 일도 있습니다.

장인을 세상에서 경시하는 것도 큰 문제입니다. 수업 중인 새끼 목수가 세상에 나가 제 친구를 만나고 오면 그만 일할 의욕을 잃어버립니다. 자기는 아직 스승의 집에서 청소 따위나 하고 있는데, 샐러리맨 친구는 벌써 고액의 월급을 받고 있기 때문이지요. 도제 제도는 시간이 걸립니다. 대량 생산이 안 됩니다. 모두 다른 물건을 기르기 때문이지요.

세상 전체가 각박해졌습니다. 사람을 기를 때에도 대량 생산으로, 좌우지간 빨리하라고 합니다. 그렇게 정성껏 만들지 않아도 좋다, 적당히 대량 생산된 것이 값도 싸고 좋다고 합니다. 이런 세상에서는, 애써 오랜 시간을 들여 길러 놔도 그가 활약할 장소가 없습니다.

장인이 하는 일의 장점은, 각기 다른 재료의 장점을 하나하나 끌어내어 건물을 짓는다거나 물건을 만드는 것입니다. 그런데 그런 건 필요 없다는 게 요즘 세상입니다.

일본 문화는 자연 속에 있는 소재의 장점을 살려서 자연과 조화를 이룬 것을 만들어 가는 속에서 태어나고 자라 왔던 것입니다만. 요즘은 석유를 재료로 아무렇게나 취급해도 부서지지 않는, 이웃과 똑같은 것, 획일적인 것을 만들라고 합니다. 언제까지나 부서지지 않게, 어떻게 하든 좋다 하면 만드는 방식이고 마음가짐이고 뭐고 아무것도 필요 없습니다.

여기 정성껏 만든 밥그릇 하나가 있다고 합시다. 서툴게 취급을 하면 깨집니다. 같은 게 하나도 없기 때문에 마음에 들면 소중히 다룹니다. 손길이 조심스러워십니다. 남의 것이라면 더욱 그렇습니다. 다른 분이 귀중하게 여기는 것을 흠을 내서는 안 되지, 라고 생각합니다. 물건에 대해서나 사람에 대해서나 남을 헤아리는 마음은 그런 속에서부터 태어나게 되는 것이 아닐까요? 문화란 건물이나 조각, 서예 등에 국한된 것이 아니잖습니까?

균일한 세계, 부서지지도 깨지지도 않는 세계, 어떻게 하든 좋은 세계에서 문화는 태어나지 않으며, 자라지 않습니다. 장인 또한 필요 없습니다. 판단의 기준이 오직 가격뿐입니다. 이런 분위기 속에서는 학교와 교육도 마찬가지가 됩니다. 그것으로 좋다고 하게 됩니다. 슬픈 일입니다.

호류지나 야쿠시지에 가면 바로 돌아오지 마시고 잘 살펴봐 주십시오. 학교에서 배운, 이 건물이 천삼백 년 된 일본에서 가장 오래된 나무 건축물이라든가, 이것이 유일하게 남아 있는 하쿠호 시대의 건조물이라는 정도를 떠올리고 지나치지 말고, 저런 큰 건물을 짓는 데는 과연 몇 사람이 고생을 했을까, 이 모든 것을 사람의 손으로 지었단 말인가, 하는 이런 것을 좀 헤아려 주었으면 좋겠습니다.

호류지나 야쿠시지 건물에 쓰인 목재는 어디를 막론하고 규격에 꼭 들어맞는 것이 없습니다. 수많은 건축 재료는 물론이고, 늘어선 기둥 또한 어느 하나 가릴 것 없이 모두 다릅니다. 잘 보시면 각기 다르다는 것을 알 수 있습니다. 그 어느 것을 막론하고 모두 다 그 시대의 장인이 자신의 정혼精魂을 담아 지은 것입니다. 그것이 자연 속에 아름답게 세워져 있습니다. 고르지 않으면서도 조화롭습니다. 모든 것을 규격품으로, 이를테면 모두 똑같은 것을 늘어세우면 이 아름다움이 나오지 않습니다. 획일적이지 않기 때문에 그것이 오히려 좋은 것입니다.

사람도 마찬가지입니다. 자연에는 하나도 똑같은 것이 없기 때문에, 사람이나 나무나 서로 어우러질 수 있도록 하는 것이 우리의 지혜입니다.

도제 제도라 하면 옛날 것이라 여깁니다만, 옛것이라고 하여 모두 나쁘다고는 할 수 없지 않겠습니까? 모두 똑같은 인간으로 만들려는 교육보다는, 훨씬 인간적인 방법이 아니겠습니까?

저는 오랫동안 호류지나 야쿠시지 같은 고대 건축물을 돌보며 각기 다른, 요컨대 똑같은 것이란 하나도 없는 나무를 다뤄 왔습니다만 저를 키워 온 도제 제도가 그리 나쁘다고는 생각지 않습니다. 오히려 이런 시대이기 때문에 개성을 살려서 사람을 기른다는 의미에서는, 다시 살펴보지 않으면 안 되는 교육 제도가 도제 제도가 아닐까, 저는 그렇게 보고 있습니다.

똑같은 것은 하나도 없는 나무를 기르듯이

　사람은 모두 개성이 있습니다. 그러므로 각기 다릅니다. 이것은 모든 사람이 잘 알고 있는 사실입니다. 귀가 아플 정도로 개성, 개성 하는 시절이기 때문입니다. 사람은 나무 한 그루, 한 그루가 그렇듯이 각기 다릅니다. 나무는 나무로서 살아서 서 있을 때도 다르지만, 목재가 되어서도 각기 다릅니다.

　입만 열면 개성, 개성 하는 사람이, 이해하기 어려운 일입니다만, 화제가 교육과 연관된 주제로 바뀌면 입을 다물어 버리는 일이 있는데, 교육에서야말로 개성을 키워 가야 하는 게 아니겠습니까? 그런데 요즘은 어떤가 하면 똑같은 그물눈 속으로 아이들을 통과시켜서, 모두 똑같은 인간으로 만들려고 하고 있습니다. 그렇지요. 기르는 쪽은 그쪽이 편합니다. 다 똑같이 취급할 수 있으니까요. 하지만 그래서는 아이들 개개인의 개성을 키울 수 없습니다. 개성을 가장 무시한 교육이 요즘 학교에서 이루어지고 있습니다.

우리 목수들은 처음에는 일터에서 선배나 대목장을 보면서 목수 일이라는 것이 어떤 것인지를 익혀 나갑니다. 그 과정에서 야단을 맞기도 하고 혼이 나기도 합니다. 가르친다고 하지만 일일이 하나하나 가르쳐 주는 게 아닙니다. 억지로 배우는 것은 몸에 좀처럼 붙지를 않습니다. 일도 그렇습니다.

그리고 머리로 알고만 있어서는 안 됩니다. 실제로 해 보지 않고는 모릅니다. 남이 할 수 있다고 자기도 할 수 있는 게 아닙니다. 남이 하는 것과 자기가 하는 것은 다릅니다. 직접 해 보지 않고는 자신이 어딜 모르고 있는지, 뭘 할 수 없는지 알 수 없습니다. 그게 당연합니다. 모르기 때문에 배우려고 와 있는 것입니다.

그러므로 목수는 먼저 연장 갈기부터 해야 합니다. 연장을 제대로 간다는 것은 목수에게는 기본 중의 기본입니다. 그 일에서 모든 일이 시작되기 때문입니다.

일을 제대로 반듯하게 하려면 먼저 연장이 말을 잘 듣지 않으면 안 됩니다. 연장이 말을 잘 안 들으면 만사가 어려워집니다. 공들여 연장 갈기, 그것이 일에 임하는 목수의 첫 마음가짐이어야 하는 것은 그 때문입니다.

한몫 한다고 할 수 있는 목수라도 자르거나 베어 낸 자리, 끌로 파 낸 구멍을 보면 거끌거끌하다거나 들쑥날쑥한 경우가 있습니다. 그런 일이 많은데, 그런 식으로 건물을 세우면 건물의 뼈대에 틈이 생깁니다. 결국 탈이 납니다. 당연한 일이죠. 그렇습니다. 이 모든 게 만사의 기초인 연장 갈이를 제대로 하지 못했거나 하지 않았기 때문에 생기는 일입니다. 연장을 제대로 갈 수 없다는 것은 집을 짓는 데서 연장이 제대로 말을 듣는다고 하는 것이 어떤 것인지, 또 그것이 얼마나 중요한지 모르고 있다는 걸 뜻합니다. 길이 안 보이는, 답답한 일이지요. 잘 벼린 대팻날이 어떤 것인지, 사각사각 말을 잘 듣는 끌이 어떤 것인지 모르고 있기 때문입니다. 시키는 대로 깎고, 구멍을 파면 그로써 한 사람의 목수라고 생각하는 사람이 있습니다만, 그렇지 않습니다.

연장 갈기는 남에게 배울 수 있는 게 아닙니다. 제가 제자인 오가와한테 한 일은, 이렇게 하면 된다며 제가 깎은 대팻밥을 보여 준 것뿐입니다.

우리 할아버지도 그랬습니다. 대패란 이런 것이라며, 나무 위에 대패를 놓습니다. 그리고 그 대패를 곰방대 꼭지로 걸어 슬쩍 잡아

당깁니다. 그런데 대팻밥을 도무지 찾아볼 수가 없었습니다. 한데 정말 없느냐 하면, 입김을 훅 불어 보면 대팻밥이 그제야 훌훌 일어납니다. 할아버지는 그러면서 "이렇게 하는 거야."라고 하실 뿐이었습니다.

그렇게 눈앞에서 직접 보여 주기 때문에 가능한 일입니다. 입으로만 "상대방이 비춰 보일 만큼 대팻밥이 얇게 나와야 한다."고 하면, '그런 일이 과연 가능할까, 말 뿐이겠지.' 생각하고 잊어버립니다. 하지만 눈앞에서 직접 보여 주면 얘기가 달라집니다. 그렇게 해 내지 않으면 안 됩니다.

그래서 연장을 가는 것입니다. 쉽게 잘되지는 않습니다. 날을 간다고 하면 간단할 것 같지만, 이게 어렵습니다. 하지만 이게 안 되면 아무것도 시작할 수가 없습니다. 일 년이라면 빠른 정도입니다. 이 년, 혹은 삼 년이 걸리는 사람도 있는데, 그것으로 좋습니다. 이건 빠르면 좋은 게 아닙니다. 늦더라도 혼자서 할 수 있는 솜씨를 길러야 합니다. 그것으로 일생 밥을 먹을 것이기 때문입니다.

자세가 나빠도 날을 제대로 갈 수 없습니다. 힘을 넣는 방법이 나빠도 안 됩니다. 성깔이 있으면 갈 수 없습니다. 자신의 성깔을 사람들은 잘 모릅니다. 그 성깔이 연장을 갈 때 나옵니다. 서둘러도 안 되고, 힘이 너무 들어가도 안 됩니다.

그때마다 '어떻게 하면 좋을까?' 하는 생각이 듭니다. 혼자 길을 찾게 되는 것입니다. 그리고 선배가 하는 걸 잘 봅니다. 어떻게 해서든지 잘 갈고 싶은 마음이 있기 때문입니다. 그것은 머리로만 이렇게 하는 거다, 하고 배워서는 익힐 수 없는 일입니다. 일일이, 하나하나 자세히 가르쳐서 되는 일도 아닙니다. 솔직히 자신의 한계를 인정하고, 스스로 모색하며 노력할 때 비로소 터득이 됩니다. 애써서 생각에 생각을 거듭하고, 직접 해 가는 가운데 툭 터지게 되는 것입니다. 이렇게 하는 거군, 이라며 깨닫게 됩니다. 이렇게 익힌 것은 결코 잊지 않습니다.

가르치는 쪽에서는 세자의 이런 모습을 보면 툭 한 마디 하게 됩니다. 그 말은 이렇게 해라, 이렇게 하는 쪽이 좋다가 아닙니다. 멀리 도는 듯해도 제자의 사고나 창의력이 발휘되도록 합니다. 우리 할아버지가 그랬습니다. 그때는 잘 모릅니다만, 한참 뒤 아, 이런 뜻이 아니었을까, 하고 알게 됩니다. 연장 갈기에만 국한된 것이 아니라 모든 면에서 그랬습니다.

폭이 넓은 연장을 갈 수 있는 실력이 쌓이면 다음은 좁은 것으로 나아갑니다. 이것이 또한 지금까지와는 다릅니다. 단지 날이 좁아

졌을 뿐인데, 그때까지 할 수 있었던 것이 불가능해집니다. 이번에도 '뭐가 문젠가?' 하는 궁금증을 품게 됩니다. 또다시 반복입니다만 스스로도 조금씩 능숙해져 가는 것을 알 수 있기 때문에 그 과정이 즐거워집니다. 그리고 일단 한 번 어떤 연장을 갈 수 있게 되면, 다음 단계 기술을 익히는 실마리를 잡는 것이 빠릅니다.

이렇게 해서 하나하나 몸에 익혀 갑니다. 이것은 가르친다기보다 몸에 익히는 것을 도와준다고 하는 쪽이 맞을지도 모르겠습니다.

기술은 가르치고 배우는 게 아닙니다. 그 사람이 배우고 싶다고 한다면, 개성에 맞춰서 잘 자라 가도록 도와주는 것뿐입니다. 할아버지는 자주 이렇게 말씀하시고는 하였습니다.

"들려주고, 직접 해 보여 주지 않으면 안 돼."라고.

아이의 싹을 찾아내 기르는 어머니처럼

자라는 싹을 어떻게 발견하고 키워야 하느냐에 관해서는 어머니를 넘어서는 존재는 없지 않을까 저는 그렇게 생각합니다. 어머니는 묵묵히 자식을 갓난아기로부터 크게 자랄 때까지 길러 주시기 때문입니다. 어머니는 자식의 좋은 점과 나쁜 점을 잘 알고 있습니다. 속담에 이런 것이 있습니다.

"부모의 말과 가지 꽃에는 천에 하나도 헛것이 없다."

하지만 요즘은 교육의 혜택으로 부모보다 아는 것이 더 많은 자식이 늘어나 부모를 바보로 여기고 부모 말을 잘 안 듣는 아이들이 많습니다. 부모들도 의무 교육에 따라 자식을 학교에 맡겨 버리기 때문에 제 아이의 일도 잘 모르는 부모가 많아졌습니다. 그리고 뭐든지 빨리, 간단히, 입니다. 자연 따위는 나는 모른다며 지식만을,

이른바 일류 고등학교, 일류 대학에만 눈이 쏠려 있습니다.

안 됩니다. 어쨌든 경쟁에서 이겨야 한다고 믿고 제 자식을 그리로 밀어 넣는 사이에 어머니 눈은 장님이 되기 쉽습니다. 있는 그대로의 자식 모습이 보이지 않게 되는 것이지요. 일류 유치원, 일류 초등학교……, 그리고 일류 대학만 있습니다. 교육의 원점原點인 어머니가 이렇게 흔들리면 큰일입니다. 이겨야 한다는 생각에 빠져 인격 형성은커녕, 다른 사람을 끌어내리고서라도 위로 올라가려 하는 것입니다.

본래 어머니의 역할은 일하는 아버지의 모습을 뒤에서 보며, 그걸 본으로 삼아, 지나치다, 부족하다 자식에게 가르쳐 주는 것입니다. 아버지는 식구들을 위해, 사회를 위해 열심히 일을 하는 사람입니다. 당장 눈앞의 일을 처리하지 않으면 안 됩니다. 내일보다도 오늘이 먼저입니다. 그래서 때로는 길을 잃어버리기도 합니다. 남자란 그렇습니다. 그것을 바르게, 아버지의 뒷모습을 자식에게 보여 주면서, 자식에게 어떻게 하면 좋은가를 가르치는 것이 어머니의 역할입니다. 그런데 아버지처럼 어머니도 눈앞의 것에 빠져 "이렇게 해.", "그건 안 돼."라고 해서는 안 됩니다.

저는 학교가 하고 있는, 마치 모든 학생을 동일한 물건인 것처럼 취급하고, 틀에 맞춰 지식만을 집어넣으며 경쟁을 시키는 방법이 교육이라고 생각지 않습니다. 그리고 어머니도 다시 한 번, 자식을 보는 눈을 기르지 않으면 안 됩니다. 사람은 모두 같을 수가 없습니다. 사실은 다 다릅니다. 구전에 전해지듯이, 싹을 키운다는 건 "나서 자란 방향대로 써라." 하는 것과 비슷합니다.

우리는 부모가 자식을 데리고 와 목수를 만들어 달라며 맡기면, 그들과 함께 밥을 먹고 생활을 합니다. 침식을 함께 함으로써 일은 물론 생활에서도 정이 들며 익숙해져 갑니다.

목수란 현장에 나가 있을 때만이 아닙니다. 생활도 목수입니다. 학교와 달리 생활 태도부터 가르칩니다. 지식만이 아니라 기술과 함께 인간으로 어떻게 살아야 하는지도 가르칩니다. 그 가운데, 제자 하나하나의 장점, 곧 싹을 발견하고, 그가 그 싹을 키워 가도록 돕습니다. 대패가 익숙하면 대패 솜씨를 키워 갑니다. 톱을 잘 쓰는 것 같으면 그쪽을 키우도록 합니다. 하지만 그런 재주는 힘들여 끌어내지 않더라도 절로 자라 갑니다. 목수는 직업이므로 대패나 톱질 하나만으로는 제 몫을 하는 제대로 된 목수라고 할 수 없습니다. 그러므로 그가 서툰 것을 찾아서, 그 기술도 익힐 수 있도록 독려하는 것입니다.

싹 중에는 절로 잘 자라 나가는 게 있는가 하면 그렇지 않은 것도 있는데, 그 잘 자라지 않고 있는 싹도 길러 주지 않으면 안 됩니다.

저는 다시 한 번 어머니들이, 학교에 다 맡겨 버리지 말고, 자신의 생을 걸고, 자식의 싹을 찾아내서 기르는 역할을 맡아 주었으면 좋겠다는 이야기를 하지 않을 수 없습니다.

제힘으로 뿌리내릴 수 있게

기른다는 건 인간만이 아닙니다. 편백나무나 삼나무 또한 인간에게 길러야 한다는 사명감이 없으면 자라지 않습니다. 〈일본서기〉에 나옵니다. 옛사람들은 주식을 아껴서 산에다 씨앗 뿌리기를 계속했다 합니다. 그래서 만요万葉 시대, 곧 일본에서 가장 오래된 시가집으로 유명한 〈만엽집〉이 편찬된 시기지요. 7세기 후반부터 8세기 후반에 이르는 그 무렵에는 일본을 청원서수靑垣瑞穗의 나라, 곧 '울타리처럼 푸른 산이 둘러쳐져 있고 벼 이삭이 탐스럽게 여물어 있는' 나라라고 불렀던 것입니다. 만요 시대 때는 주식이 벌써 쌀을 비롯한 오곡으로 바뀌어 있었던 것입니다. 백성은 벼농사에 힘을 쏟았고, 산에는 수령 천 년이 넘는 커다란 나무가 자라고 있었던 것입니다.

하지만 나무를 기르는 일은 쉽지 않습니다. 제 형편만 생각하는 사람은 안 됩니다. 나라의 미래나 이 땅의 생명을 지킨다는 사명감이 있을 때 비로소 나무를 길러 낼 수 있는 것입니다. 사람을 길러 내는 것도 마찬가지입니다. 다음 세대를 짊어질 사람을 키우겠다는 사명감이 없으면 안 됩니다. 그것도 입에 발린 말만이 아니라 마음속 깊은 곳에서부터 그런 생각이 있어야 합니다.

나무는 스스로는 움직일 수 없기 때문에 뿌리를 내리고 있는 산의 환경에 따라 절로 성깔이 생기게 됩니다. 또한 서 있는 산의 토질에 따라 나무의 질이 만들어집니다.

인간은 자유자재로 움직일 수 있고, 또 마음이란 것이 있어서, 이 마음의 움직임에 따라 차이가 생깁니다. 그러므로 사람을 기르고자 하면 그 마음을 확실히 붙잡지 않으면 안 됩니다. 그렇습니다. 사람의 마음이란 모양이 보이지 않기 때문에 그게 어렵습니다.

몸은 밥을 먹으면 자라지만 마음은 그렇게 단순하지 않습니다. 마음의 양식은 오감을 통해서 마음 밑바닥에 비춰지는 만상을 바르게 판단하며 하나하나 쌓아 가는 것입니다. 이것이 '마음에 밥을 먹인다.'는 겁니다. 마음에 양식을 주는 행위, 그것이 곧 교육이란 것 아니겠습니까?

목수들이란 우선 본인 스스로 목수가 되려고 입문해 오는 것이기 때문에, 마음가짐이 학교에 가는 것하고는 다릅니다. 목수는 가르쳐서 기른다고 하기보다는 '연습하여 익힌다.'가 주가 됩니다. 장인을 기른다는 건 그 일을 하며 인생의 반 이상을 살아가야 하는 것이므로, 그 나름의 마음가짐이나 기술 습득이 필요합니다. 배우는 쪽이나 길러 내는 쪽이나 진지한 노력과 인내가 필요합니다.

또한 마음가짐은 같더라도, 사람에 따라 현우심천賢愚深淺, 곧 똑똑한 사람이 있는가 하면 둔한 사람이 있고, 생각이 깊은 사람이 있는가 하면 그렇지 않은 사람이 있습니다. 차이가 있습니다. 모두 같을 리 없습니다. 그것이 인간입니다. 그러나 목수는 학교와 다르기 때문에, 시험을 쳐서 뒤처지는 자는 잘라 버린다고 하는 일 따위는 없습니다. 삼 년 만에 익히는 사람도 있고, 십 년이 걸리는 사람도 있습니다.

세상에서는 기억력이 좋은 사람을 머리가 좋다고 합니다. 목수의 경우는 그것도 중요합니다만, 손이 기억대로 움직여 주지 않으면 안 됩니다. 그렇기 때문에 손에 기억을 시켜야만 합니다. 아무리 머릿속으로 잘 기억해 보았자, 실제로 일을 할 때는 손이 머리를 따라가 주지 않는 것입니다. 손에 기억을 시키기 위해서는 자꾸 반복을 해서 몸에 배게 하는 수밖에 없습니다. 경험을 쌓는 것입니다.

기억력이 나쁜 것은 아닌데 머릿속만으로는 도무지 납득이 안 가는, 그래서 직접 제 손으로 해 보고서야 조금씩 알게 되고 납득이 가는 사람이, 한 번 보거나 이야기를 듣고 알았다는 사람보다 후세에 이름을 남기는 명공이 됩니다.

몸이나 손은 그렇게 실제로 해 보는 가운데 움직이게 됩니다. 손이 머리를 따라가게 되는 것입니다. 이렇게 되면 일이 점점 재미있어집니다. 그리고 나무 또한 실제로 일을 하다 보면, 다뤄 보다 보면 알게 됩니다. 나무의 성깔이나 나무의 질 같은 것도 역시 문자나 말만으로는 가르칠 수 없습니다. "나무 짜 맞추기는 치수가 아니라 나무의 성깔에 따라 하라."는 구전이 있는데, 이런 이야기를 듣고 머리로는 알았다는 느낌이 들더라도, 실제로 나무의 성깔이 어떤 것인가를 모르면 알았다고 할 수 없습니다. 그런 사람은 현장에서는 아무것도 못 합니다.

제가 집에 데리고 있으면서 기른 제자는 단 한 사람, 오가와뿐입니다다만, 이 사람은 머리보다는 손을 통해서 체득하는 부류의 사람입니다. 무엇이든 스스로 해 보지 않고서는 납득이 안 되는 사람입니다. 오가와가 고등학교를 졸업하고 나서 제자로 왔습니다. 보통

이라면 제자가 되기에는 나이가 많은 감이 있었습니다만, 오가와는 해냈습니다. 그것도 보통 십 년에서 이십 년이 걸리는 장인의 길을 체득하는 데 오 년도 걸리지 않았습니다. 지금 오가와 아래 스무 명의 제자가 있는데, 전국을 누비며 일을 하고 있습니다.

오가와도 지금은 자기 제자들을 기르고 있습니다. 기르는 쪽도 일방적으로 가르치기만 하는 게 아니라, 가르치면서 배우는 면도 있는 것입니다.

우리는 제자들에게 걸음쇠와 곱자 마름질이라는 걸 가르칩니다만, 이것이 예삿일이 아닙니다. 아스카 시대의 마름질, 하쿠호·덴포·후지와라·가마쿠라·무로마치 시대의 나무 마름질, 이렇게 각 시대에 따라서 기둥의 굵기를 결정하는 데 차이가 있습니다. 기둥 굵기가 결정되면 소로의 크기도 결정됩니다. 그리고 도리나 들보의 크기도 그에 따라 절로 결정되는 겁니다. 이처럼 기둥 굵기를 정하는 일은 중요합니다.

이것을 시대에 따라 이런 차이가 있다고 일러 주면, 제자들은 여러 가지 반응을 보입니다. 기억력이 좋은 사람은 가르친 대로 통째로 외워 버립니다. 기억력은 좋지 않지만, 이해력이 좋은 사람이 있습니다. 이런 사람은 바로 배우지는 못합니다. 우선 아스카의 것은 어떤 것인가, 하쿠호의 것은 어떤 것인가, 스스로 확인하러 다닙니다. 실제로 보지 않으면 납득이 가지 않습니다. 그런 사람은 왜 시대에 따라 나무 마름질이 다르냐는 궁금증을 품습니다.

통째로 암기해 버리는 쪽이 빠르고 성가신 일도 적지만, 그쪽보다는 왜 그런지 의문을 갖는 사람을 기르는 쪽이 목수로서는 좋은 것입니다. 통째로 외기는 하지만 그에게는 뒤가 없기 때문입니다. 각 시대의 나무 마름질이 왜 다르냐를 제대로 이해하기까지는 대단히 많은 시간과 노력이 필요합니다만, 그 뒤에 비로소 자기 나름의, 요컨대 자기류의 나무 마름질이 가능해지는 것입니다. 그렇게 해서 비로소, 참다운 의미의 궁궐목수라고 할 수 있는 목수가 되는 것입니다. 통째로 암기하는 것만으로는 새로운 것을 향해 나아갈 수 없습니다. 그러므로 기억력이 좋은 것만으로는 제대로 배울 수 없습니다. 통째로 하는 암기에는 뿌리가 없는 것입니다. 뿌리가 제대로 돼 있지 않으면 나무는 자라지 못합니다. 뿌리만 확실히 서 있다면, 거기가 바위산이든 바람이 심한 곳이든 해 나갈 수 있습니다. 모든 것을 나무에 비유하고 있습니다만, 사람이나 나무나 기른다는 점에서는 다를 게 없습니다.

또한 제자를 기르는 방법에도 사람에 따라 차이가 있습니다. 모든 걸 다 자기 하는 대로 하지 않으면 안 된다 여기고 그리로 억지로 몰아가는 사람도 있습니다만 그건 어렵습니다. 나무를 다룰 때처럼 그 사람의 성품과 기질을 잘 살펴보고, 그 사람의 좋은 점을 키우고자 하지 않으면 안 됩니다. 기른다는 건 어떤 모양에 억지로 밀어 넣는 것이 아니라 그가 가신 새싱을 찾아 그것을 키우는 것이 되어야 합니다. 그리고 그 일은 서둘러서는 안 됩니다.

쓸모없는 것은 없다

요즘 세상에서는 모든 것이 너무 꼭 맞게 계산이 된 나머지 여유가 없습니다. 집도 동네도 강도 길도, 거기다 생활도 학문도 인생도 그렇습니다.

앞에서도 처마 이야기하며 말씀드렸습니다만, 옛 목수들이 지은 탑이나 당을 보면 이십 퍼센트 정도의 여유분을 뒤에 남기고 있습니다. 해체 수리를 할 때 앞부분을 잘라 내고 잘라 낸 만큼 앞으로 잡아당기면, 서까래 하나를 통째로 갈아 끼운 것과 같아집니다. 요즘 사람이라면 그 일, 곧 이십 퍼센트 가량 남기는 일을 쓸데없는 일이라 여길 것입니다. 뭐든지 최단거리이기 때문입니다. 최단거리는 쓸모없는 것이 없어서 빠르지요, 당장은.

교육도 그렇게 되어 있습니다. 다 계산을 한 뒤, 그 위에 어린이를 태우고 "자, 가라." 하고 호령을 합니다. 늦으면 회초리로 때려서라도 서두르게 만듭니다. 재촉합니다. 옆길로 빠지면 야단을 칩니다. 어쨌든 최단거리가 제일 좋은 길이라 믿고 있습니다. 선생님도 여기에 의심이 없습니다. 모든 것이, 만사가 이렇습니다. 이렇게 오늘날 학교 교육에는 호류지나 야쿠시지처럼 안쪽에 여분의 나무를 두는, 그 나머지랄까 여유 부분과 같은 것이 없습니다.

목수의 수업은 이와 다릅니다. 처음에는 옆에서 지켜보기만 합니다. 그게 다입니다. 그것만이라면 아직 좋습니다. 거기에 선배 목수의 밥을 짓고 청소를 해야 합니다. 이어서 연장 갈기. 여기에 긴 시간이 걸립니다. 좌우간 어떤 연장이라도 능숙하게 갈 수 있을 때까지 계속해야 하기 때문입니다. 그래서 적어도 이삼 년은 걸립니다.

이 기간에는 책이나 신문, 텔레비전 같은 것을 보지 않는 게 좋습니다. 목수나 건축에 관한 책 또한 읽지 않는 게 좋습니다. 이 길에는 지름길이 없습니다. 물론 사람이기 때문에 배우는 속도에 차이가 있습니다. 학교와 다르기 때문에, 빨리 습득한 사람은 그만큼 앞으로 나아가지만 늦어도 상관없습니다. 그보다는 제대로 몸에 익히는 일이 중요합니다. 익숙해지지 않는 한 앞으로 나아갈 수 없습니다. 오히려 침착하고 여유 있게 하나하나 차근차근 해 나가는 게 좋습니다. 빨리 배우고 앞으로 나아가는 쪽만이 다라고 할 수 없는 것입니다. 오히려 그런 사람보다 차분하게 꼼꼼히 나아가는 사람 쪽이 연장도 잘 다룹니다. 일한 자리, 곧 깎거나 자르거나 파낸 자리를 보면 뭔가 맛이 다릅니다. 시간을 들여서 배웠기 때문입니다. 시간을 들여서 익힌 것은 잊지 않습니다. 이와 같이 일견 쓸모없어 보이는 일이 중요한 것입니다.

시간을 들여서 같은 일을 반복하는 가운데 스승은 제자의 성격이나 장점을 발견하게 되고, 제자는 자신을 알게 됩니다. 스승은 제자에게 새로운 것을 잇달아 가르치지 않습니다. 하나를 오랜 시간 반복하게 합니다. 배우는 쪽에서 보면 과연 이렇게까지 해야 하나 하는 생각이 들 수 있지만, 그렇지 않습니다. 반복을 통해 하나라도 제대로 기술을 익힌 사람은 현장에서 백 퍼센트 힘을 발휘합니다.

인간도 나무와 다를 게 없습니다. 사람마다 성격이 다르고, 그에 따라 기르는 방법도 달라야 하는 것입니다. 연장을 갈며 자신의 성질을 알게 되고, 그리고 그 성질을 고치지 않으면 연장을 제대로 갈 수 없다는 것도 알게 됩니다. 잘못된 것은 고쳐야지 그대로 두고는 자랄 수 없습니다.

오늘날 교육은 모든 사람이 평등하다고 합니다만, 사람은 각자 다릅니다. 그것을 하나로 묶어서 최단거리를 달리게 하고 있지만 그렇게는 안 됩니다. 저마다 성격도 다르고 재능도 다르기 때문입니다. 이렇게 다른, 요컨대 고르지 않은 것을 잘 다뤄 내며 각기 다른 성격을 파악하는 일은 그렇게 산단히는 안 됩니다.

　도제 제도는 봉건적인 것으로, 그 안에는 낡고 쓸데없는 일이 많다고 합니다만, 쓸데없어 보이는 일에서도 결과적으로는 좋은 것이 나옵니다. 너무 눈앞의 것만을 생각하는 것은 좋지 않습니다. 결론만 가르쳐서는 손이 움직이지 않고 발이 따라 주지 않습니다. 그것이 어떤 일의 일환인지를, 전체와 어떻게 관련돼 있는지를 모르면 제대로 일을 할 수 없습니다. 일이 생기면 거기에 대응을 못 합니다.

　쓸모없다며 버린다거나 흘깃 보아 넘기는 것들 속에 사실은 대단히 중요한 것이 들어 있다고 하면 지나친 말일까요?

섣부른 칭찬은 독이다

그렇습니까, 오가와가 저에게 한 번도 칭찬을 들은 적이 없다고 합니까? 그러고 보니 할아버지도 제게 한 번도 칭찬해 주신 적이 없군요, 야단을 치시는 일은 있었지만. 까다롭고 엄격한 분이셨지요. 하여튼 칭찬은 없었습니다.

제가 간 연장에 대해서 단 한 번도 "이만하면 됐다."든가, "음, 쓸 만하다." 하고 칭찬을 해 주신 적이 없습니다. 그 정도는 당연한 일이기 때문에 그랬을까요? 아마 일이란 본래 누구나 자기 몫을 훌륭히 해내지 않으면 안 되는 것이기 때문에, 그런 실력을 갖추는 게 기본이기 때문에 그랬을 겁니다. 한편 실수하거나 잘못하면 야단을 맞습니다. 이것은 당연한 일입니다.

서투른 사람이 있는가 하면 능한 사람이 있습니다. 작은 할아버지 야부우치 기쿠조도 목수였는데, 그분은 할아버지와 달리 마치 벙어리 같은 사람이었습니다. 연장을 쓰는 솜씨로는 일본 제일이라고 했던 사람이었습니다. 사실 이렇게 연장을 쓰는 데 뛰어난 사람이 있고, 그것을 '훌륭하다.'고 하는 것인데, 할아버지는 동생이 아무리 일을 잘해 놓아도 "잘했다."고 칭찬하는 법이 없었습니다.

백 점을 맞으면 훌륭하다고 박수를 치는 학교와는 다른 것입니다, 일은. 백 점을 맞아야 하는 게 당연합니다. 학교 선생님과 학생의 관계가 아닙니다. 그와 다릅니다. 학생이 백 점을 맞도록 선생이 애쓸 일이 아닙니다.

칭찬하고 격려하는 일은 있지만, 칭찬하고 부추겨서 일을 빨리 익히도록 해야 한다, 그런 건 없습니다. 싫으면 안 배워도 좋습니다. 일을 배우는 건 의무가 아닙니다. 중간에 나는 여기가 안 맞다며 그만두고 가는 사람도 있습니다. 배우는 게 더디더라도 하려는 의욕이 있는 제자는 시간을 갖고 차분하게 지켜봅니다. 하지만 이때조차도 칭찬을 하거나 부추기거나 하는 일은 없습니다.

도제 제도라면 약속한 오 년 안에 제 몫을 해낼 수 있는 목수로 자랍니다. 그 뒤 일 년 동안, 스승을 위해 일함으로써 은혜를 갚는데, 하루라도 빨리 제 몫을 해내는 목수가 되려는 것은 자신을 위해서입니다. 제 몫을 할 수 있는, 곧 자립을 할 수 있는 목수란 백점짜리 일을 해낼 수 있는 사람을 말합니다. 팔십 점이나 오십 점으로 안 됩니다. 그래서는 한 사람의 제 몫을 하는 목수라 할 수 없습니다. 학교라면 팔십 점도 합격입니다. 반 평균보다 좋은 점수이므로 본인도 괜찮다고 여길 수 있습니다. 선생님이나 부모도 "팔십 점이면 괜찮다."고 합니다. 그런데 일에서는 그것이 통하지 않습니다. "이 건물은 팔십 점은 되기 때문에 합격이다."라며 한 사람 몫의 돈을 받는 것은 잘못입니다. 이런 이유로 칭찬을 하지 않는 것입니다.

이렇게 할아버지는 직접 저에게는 한 번도 칭찬해 주신 적이 없습니다만, 저희 어머니에게는 '잘하고 있다.'는 뜻의 이야기를 하셨습니다. 그런 이야기를, 제가 집안일로 어머니를 돕는다거나 할 때, 무심히 하는 어머니의 이야기를 통해 듣고는 했는데, 이런 게 좋습니다. 더 효과가 있습니다.

야쿠시지의 서탑西塔이 완성되었을 때, 여러 분이 와서 보고 훌륭하다고 칭찬을 해 주셨지만 전 조금도 기쁘지 않았습니다. 모양은 그런대로 괜찮아 보였지만 '과연 이 탑이 천 년을 지탱해 줄까?', '지진이 와도 견뎌 낼 수 있을까?', '만약 그렇게 안 되면 스스로 할복이라도 하지 않으면 안 될 일이다.' 그런 온갖 생각이 먼저 일어났기 때문입니다. 이런 이유로 청찬을 받아도 기쁘지 않았던 것입니다. 내가 한 일이기 때문에 혹시 어딘가 결점은 없을까, 거기는 괜찮을까, 이런 생각으로 가득합니다.

이것은 제자에게도 마찬가지입니다. 서툴게 청찬하면 곧 건방을 떨게 될 우려가 있습니다. 역효과가 날 가능성이 큽니다. '이대로 과연 좋을까?' 하는 조심스러운 마음을 잃지 않는 게 중요합니다.

그리고 사람이란 한 번 청찬을 받으면 그 다음부터는 그 소리를 듣기 위해 일하는 경향이 있습니다. 다른 이의 눈을 의식하며 '이건 어떨까?'라든가 '어디 한번 내 솜씨를 보여 볼까?' 하는 흐트러진 생각 아래 일을 하게 되기 쉽다는 거지요. 이런 생각을 하며 지은 집이나 건물에는 제대로 된 것이, 변변한 것이 없습니다.

무로마치 시대에 들어서며 연장이 진보하자 그런 건물이 많이 생기게 됩니다. 화려함으로 달려갑니다. 그 때문에 구조가 희생됩니다. 중심을, 우선시해야 할 것을 잊어버리게 되는 것입니다. 역사가 그것을 확실히 가르쳐 주고 있지요.

장인은 잘난 체를 하면 그것으로 끝입니다. 그러므로 제자를 기를 때는 청찬을 하지 않는 것입니다.

굽어진 것은 굽어진 대로, 비뚤어진 것은 비뚤어진 대로

대목장의 큰일 가운데 하나는 여러 사람과 함께 일을 해야 한다는 점입니다. 아무리 솜씨가 좋고, 나무의 성깔을 잘 간파하는 사람이더라도 혼자서는 건물을 지을 수가 없습니다. 혼자서는 기둥 하나 들 수 없습니다. 적어도 두 사람이 힘을 보태야 합니다. 그리고 그것을 깎는다거나 자른다거나 하게 되면, 목마木馬라는 받침대를 대 주는 장인이 또 한 사람 필요합니다.

커다란 목재로 기둥이나 서까래나 처마나 수많은 들보를 만들어 가는 것입니다.

예를 들어, 야쿠시지의 금당을 짓는다 하면, 그 이야기를 텔레비전이나 신문에서 접한 사람들이 함께 일을 하고 싶다고 각지에서 모여듭니다. 이 사람들은 아무도 제 제자가 아닙니다. 모두 그 나름으로 솜씨에 자신이 있고, 그 솜씨를 보이고 싶다는 장인들입니다. 하나둘쯤 강한 자기 기질을 지닌 사람들입니다. 그런 사람들이 옵니다. 저는 이런 사람들을 써서 당을 짓지 않으면 안 되는 것입니다.

그렇습니다. 모두 한가락 하는 장인이기 때문에 그 속에는 때로 근성이 나쁜 자도 있습니다. 저도 그럴지 모릅니다만 대개 장인이란 완고합니다. 다른 사람이 하는 말을 쉽게 듣지 않습니다. 스스로 자신이 있기 때문이라고나 할까요. 사실 장인에게는 누구를 막론하고 이런 솜씨에 대한 자부심이 있습니다. 이것이 없으면 해 나가지 못합니다만, 더러 근성이 비뚤어진 자도 있습니다. 그렇더라도 쫓아내는 일은 없습니다. 또한 학교 선생님처럼 그 기질을 바로잡으려고도 하지 않습니다. 그 사람은 그것으로 족한 나름의 솜씨를 가진 장인이며, 근성이란 쉽게 고칠 수 있는 것이 아닙니다. 역시 포용해서, 그 사람에게 맞는 장소에 넣어서 일을 하도록 합니다. 굽어진 것은 굽어진 대로, 비뚤어진 것은 비뚤어진 대로 맞는 장소에 보내 일을 하도록 합니다. 남과 잘 어울리지 못하는 사람이더라도 그를 쓸 수 있는 길이 있는 것입니다. 그렇다고 해서 전체 일판의 조화를 깨는 행동까지 받아들이는 것은 아닙니다. 엄할 때는 엄하지 않으면 안 됩니다.

물론 자신감을 못 갖고, 언제나 다른 이의 지시만을 바라는 사람 또한 한 사람의 제 몫을 하는 목수라고 할 수 없습니다.

그리고 여러 사람 속에는 사람을 싫어하는 과묵하다고 할까, 말수가 적은 사람도 끼어 있습니다. 남과 일하는 게 싫어서 나무만을 보고 서 있는 사람인데, 이런 사람이 연장은 훌륭히 잘 다룹니다. 그렇습니다. 그런 때를 기회로 당堂 짓는 일을 배우고 싶어 하는 사람도 있고, 일을 가르쳐 달라는 사람도 있습니다. 이렇게 온갖 사람과 목수가 있고, 그 밖에도 미장이, 석수장이, 기와장이, 칠장이 등 여러 일을 하는 사람이 필요합니다.

그 사람들을 하나로 조화시켜 가야 합니다. 힘든 일입니다.

저는 1931년, 제 나이 스물여덟에 처음으로 대목장이 되었습니다. 그보다 삼 년 전에 아버지를 대신해서 한 적은 있습니다만, 제가 대목장이 된 것은 그때가 처음이었습니다. 회사에 다니시는 분이라면 과장이나 부장이 되면 기뻐하고, 또 서로 축하를 하지만 우리는 그런 일이 없습니다. 찹쌀 팥밥을, 그렇지요, 경사스러운 날지어 먹는 찹쌀 팥밥을 짓는 일도 없고, 술을 마시는 일도 없습니다. 그보다는 '어려운 일이 많을 텐데, 과연 내가 잘 해낼 수 있을까?'라는 생각이 먼저 강하게 일어납니다.

저보다 나이가 많은 장인들을 데리고 호류지 동원東院의 예당禮堂을 해체 수리했습니다. 그때부터 죽 이어졌습니다. 할아버지께 어렸을 때부터 대목장이 되는 데 필요한 여러 가지 것을 가르침 받아 왔지만, 들은 것과 직접 하는 것 사이에는 큰 차이가 있습니다.

데리고 있는 목수가 뭔가를 물어 올 때, 모른다고 해서는 안 됩니다. 모두 딴죽을 걸고자 하는 사람들뿐이기 때문입니다. 목수 일은 준비가 중요합니다. 요즘은 기계가 많이 들어와서 목재 다루기가 편해졌습니다만, 사람의 힘으로 무거운 기둥을 다룬다고 하면 놓는 방법 하나만 해도 꽤 다릅니다. 어디를 위로 하고, 어디를 아래로 놓을지, 그리고 어느 부분의 일이 진행되고 있고, 어디가 늦이지는지 따위를 일을 시작하기 전에 다 파악한 뒤 모두에게 지시를 하지 않으면 안 됩니다.

구전에, "나무의 성깔 맞추기는 장인들의 마음 맞추기.", "장인들의 마음 맞추기는 장인들을 대하는 대목장의 따뜻한 마음.", "백 명의 장인이 있으면, 백 가지 마음이 있다. 그것을 하나로 모으는 것, 이것이 대목장의 기량이자, 가야 할 바른 길이다."라는 것이 있습니다. 이 모든 것이 장인이란 각기 기질이 있는데, 그것을 다뤄야 하는 대목장으로서, 어떤 마음가짐으로 사람을 대해야 하는지를 가르쳐 주고 있습니다.

마음에 들지 않는다고 쓰지 않는 일은 있을 수 없습니다. 자신의 마음에 드는 사람만으로 건물을 짓고자 하는 건 나무의 성깔을 파악하고, 그 성깔을 살려서 쓰라는 구전을 거역하는 일입니다. 성깔이 있는 것은 안 된다는 생각은 잘못입니다. 성깔이란 사용하기 어렵습니다만, 살릴 수만 있으면 오히려 뛰어난 것이 되는 것입니다. 그것을 목을 자른다거나, 혹은 없애 버리면, 좋은 건축은 불가능해 집니다.

젊었을 때 저는 '니시오카 귀신'이란 이야기를 자주 들었습니다. 그 정도로 일만 생각하며 지냈습니다. 틈을 보이지 말자고, 잘못되는 일이 없도록 하자며, 조심하며 긴장하고 있었습니다.

옛날에는 저 혼자서도 할 수 있을 듯한 생각이 들었기 때문에 나무란다거나 하는 일도 있었습니다. 왜 이런 것도 못 하느냐는 생각이 들었기 때문입니다. 누구나 저처럼 할 수 있는 줄 알았습니다. 또한 지시한 것을 전부 완벽하게 해 놓지 않으면 그냥 두고 보지 못했는데, 사실은 그렇게 하기가 상당히 어려운 일이지요. 그런데도 자꾸 그렇게 '시키자.'는 마음이 앞섭니다. 그것이 요즘에 와서는

'해 달라.'라는 쪽으로 바뀌었습니다.

다른 사람에게 지지 않을 정도로 연장을 쓸 수 있다면, 이렇게 하는 것이라며 직접 해 보이겠습니다만, 지금처럼 몸이 말을 듣지 않으면 그렇게 할 수 없지요.

건축은 예술가처럼 자기 혼자 책임을 지고 만드는 게 아닙니다. 그와 다릅니다. 그렇기 때문에 마음에 들지 않는다고 해서 부순다거나 내던진다거나 할 수 없습니다. 거기다 수많은 사람이 필요합니다. 그들이 없으면 불가능합니다. 그들이 일을 해 주지 않으면 안 되는 것입니다.

이야기한 대로 백 퍼센트 일을 해 주기를 바랄 수는 없는 일입니다. 이야기해서, 그 이야기의 반 정도나 되면 충분하나, 이렇게 생각하면 좋은 것입니다.

제가 연장을 잡았던 호류지 때 제자인 오가와 말로는 "화를 내고, 야단을 치면서, 여기저기 걷어차며 돌아다녔다."고 하는데, 야쿠시지에 와서 의자에 앉게 되고부터 태도가 바뀌게 되었나 봅니다.

저 역시 연장을 쥐게 되면 남에게 지지 않으려는 노력을 하게 됩니다. 직접 연장을 손에 쥐고 일을 할 때는 남을 자신과 동일한 눈으로 보게 됩니다. 그것이 연장을 놓고 내가 아니라 남을 시켜 건물을 짓게 되고부터는 여기까지 해 주면 고맙겠는데, 라는 식으로 생각이 부드러워지더군요.

대목장의 마음가짐에 이런 것이 있습니다.

"백 가지 말을 하나로 모으는 기량이 없는 자는 조심스럽게 대목장 자리에서 떠나라."

여러 가지 구전 중에서 가장 제 마음에 드는 구전입니다만, 정말 그렇습니다. 수많은 장인을 하나로 조화시켜 갈 수 없으면, 자신에게 대목장 자격이 없다는 증서이기 때문에 스스로 물러나라는 것입니다.

적재적소라 합니다만, 좋은 점만이 아니라 결점이나 약점도 살려서 그 재능을 발휘시키도록 하지 않으면 안 됩니다. 좋은 것만을 골라내서 좋은 곳에 세운다는 것과는 다릅니다. 사람을 쓰는 데는 그 나름의 마음가짐이 필요하다는 것이지요. 나무를 보는 것도 어렵습니다만, 사람을 보는 것도 어렵습니다. 안 쓰는 쪽이 좋은 사람을 무리해서 쓰고 있는 게 아니냐는 이야기를 다른 사람들로부터 자주 듣습니다만, 그렇지 않습니다. 그렇지 않다기보다 그런 사람도 쓸데가 있는 것입니다. 그렇게 기질이 있는 사람에게도 신기하게

도 그에게 꼭 맞는 일이 반드시 있습니다. 저는 이제까지 오랫동안 대목장 노릇을 해 왔습니다만, 마음껏 부릴 수 없다고 목을 잘랐던 적은 한 번도 없습니다.

4부
나무와 더불어 살아오다

엄한 할아버지 밑에서 대목장으로 자라다

우리 할아버지 이름은 쓰네키치인데, 할아버지는 제 증조부가 되시는 니시오카 이헤이西岡伊平의 장남으로 아버지 밑에서 일을 배웠고, 증조부가 마흔하나라는 젊은 나이에 돌아가시는 바람에 어려서 가계를 잇게 됐다고 합니다. 할아버지 니이 스무 살 때의 일이었다고 합니다. 일은 여덟아홉 살 때부터 배웠다지요. 식구들을 건사하기 위해 오사카에 있는 나카자中座 극장 토목 공사 현장에 간다거나, 나라 현에 있는 절 도다이지의 이월당二月堂 수리에도 갔다고 합니다. 그 당의 낭하를 만들었다고 합니다. 고향에는 일거리가 없었기 때문에, 여기저기 큰 일거리를 찾아다녔다고 합니다. 그러다가 서른세 살 때, 호류지 대목장이 되었던 것입니다.

이분이 저의 스승입니다. 제가 처음 일터에 끌려간 것은 초등학교에 들어가기 전이었으니까, 여섯이나 일곱 살 때가 되겠군요. 1921년은 호류지 창건 천삼백 돌 축제가 있는 해였습니다. 그 축제를 준비하기 위해 호류지에서는 십 년 전부터 탑 수리를 해 왔는데, 그곳에 할아버지가 저를 데리고 간 것입니다. 호류지 뜰은 어린이들의 놀이터였는데, 부럽기도 하고 슬프기도 했던 건 할아버지가 "거기 앉아 사람들이 일하는 걸 봐라." 해서 앉아 있던 바로 곁에서 친구들이 공놀이를 하고 있는 것이었습니다.

그렇게 어린 걸 데려다 뭘 어떻게 하겠다는 것이었을까 하는 생각이 들지요? 저도 좋아서 간 것은 아닙니다. 갈 수밖에 없었습니다. 할아버지는 대목장 교육의 일환으로 절 데려가신 것입니다. 일터의 분위기가 어떤 것인지를 일찍부터 가르쳐 둘 생각이었던 것이죠.

어떤 차림이었냐고요? 장인들은 보통 셔츠를 입고, 그 위에 한텐祥纏[8]을 걸치고 허리띠를 맵니다. 발에는 다비足袋[9]에 짚신을 신었습니다. 띠는 폭이 좁은 것이었습니다.

할아버지가 시킨 대로 보고 있으면 저 사람은 못을 잘 박는구나, 저 사람은 또 못을 구부러뜨렸구나, 하는 것을 알게 됩니다. 그때는 목수가 쉬는 날이 한 달에 이틀, 1일과 15일뿐이었습니다. 14일과 30일에 서천을 받고 나면, 그 다음 날이 휴일이었습니다. 휴일만 빼고 그 나머지 날은 할아버지가 매일 저를 데리고 다니셨습니다. 저 말고도 보고 배우러 오는 사람들이 있었지만, 모두 저보다 열 살 이상 많았기 때문에 일터에는 동무가 될 만한 사람이 없었습니다.

휴일이요? 휴일에는 신神에게 술을 바치며 예배하고, 어떤 집은 찹쌀 팥밥을 짓기도 합니다. 저는 1일과 15일, 이 이틀 동안만 이웃 아이들과 놀 수 있었는데, 놀러 가도 제대로 놀지를 못합니다. 동 무로 끼워 주지 않아, 곁에서 멀뚱히 보고 있을 뿐이었습니다. 그런 저를 할아버지는 별로 가엽게 여기지도 않았습니다. 할아버지는 제 가 평범한, 보통 어른이 되기를 바라지 않으셨는지도 모릅니다. 저 도 그렇다면 도리가 없다는 생각에서 아이들과 노는 것을 포기하 고 있었습니다.

초등학교에 들어간 뒤입니다, 목수 일로부터 떨어져 나오게 된 것은. 아이고 살았다, 하는 심정이었습니다. 이제 비로소 일터를 떠 나게 되었다고. 하지만 여름 방학에는 또 차근차근 훈련을 받았습 니다. 제일 먼저 제게 주어진 연장은 팔 푼짜리 끌이었습니다. 그것 부터 차례차례 더 가는 끌을 갈도록 시키시더군요.

집 식구들도 마음을 많이 썼습니다. 제가 할아버지께 반항이라 도 하면 큰일이라고 생각했던 것입니다. 저는 한 번도 반항해 본 적이 없습니다만, 할아버지는 매우 엄하셨기 때문에 할아버지가 말씀하시는데 제가 조금이라도 싫은 얼굴을 하면, 어머니는 어떻게 해서든지 할아버지가 하신 말씀을 따르라고 열심히 저를 훈계를 하시고는 했습니다.

어디가 무서웠느냐고 자주 질문을 받습니다만, 매를 드시는 일은 없었습니다. 그러나 눈이 무서웠어요. 아무 말씀도 안 하시고, 가만 바라보시기만 하는 것이었어요. 뭔가 내가 나쁜 일이라도 한 것이 아닐까 하는 생각을 하지 않을 수 없습니다, 할아버지가 그렇게 보시면. 그러나 몸을 사리는 것과는 조금 다릅니다.

일에서는 그렇게 합니다만, 집에서는 소중하게 대해 주셨습니다. 저를 한 사람의 장인으로 만들고자 하는 것을 알고 있었기 때문에, 저는 "예.", "예." 하고 할아버지의 말씀을 들었습니다. 쓸데없는 말을 해서는 안 된다고 하셨기 때문이기도 합니다만.

아버지도 그랬습니다. 할아버지가 무슨 말을 하시든 한 번도 말대꾸를 하는 법이 없으셨습니다. 묵묵히 일을 하실 뿐이었습니다. 그런데 딱 한 번 당신의 의견을 이야기한 적이 있었습니다. 그때는 초등학교를 졸업하면 그대로 견습 점원으로 들어간다거나, 장인 수습을 하러 들어간다거나 하는 사람이 많았습니다. 상급 학교에 가는 사람은 전체의 삼분의 일 정도였습니다. 중학교에 가는 사람도 있었고, 사범 학교에 가는 사람도 있었고, 공업 학교나 농업 학교에 가는 사람도 있었습니다. 그 진로를 결정할 때 처음이자 마지막으로 아버지가 의견을 내셨던 것입니다.

할아버지는 농업 학교에 보내라고 하셨고, 아버지는 공업 학교에 보내는 것이 어떠냐고 하는 것이었습니다. 그렇더라도 말다툼을 한다거나 하는 것은 아니었습니다. 서로 예의를 갖추고 앉아 각자 의견을 말하는 방식이었습니다. 저는 뒤에 앉아 듣고 있었습니다. 아버지는 "이제부터는 목수가 설계도 하고 제도도 할 줄 알아야 하니 공업 학교가 좋지 않겠습니까?"라고 하셨습니다. 할아버지는 "아니야, 공업 학교는 안 돼. 농업 학교가 좋이."라고 말씀하셨습니다. 아버지는 그 이상 아무 말도 하지 않으셨기 때문에 그것으로 끝이었습니다.

저는 목수가 되려는 사람이 왜 농업 학교에 가지 않으면 안 될까 하는 생각이 들었지만, 아무 말도 하지 않았습니다. "너는 어떻게 생각하니?" 이렇게 물어 주시면 대답을 하려고 생각하고 있었지만, 끝내 묻지 않으시더군요.

그때 이런 일도 있었습니다. 농업 학교는 오 년제와 삼 년제가 있었는데, 할아버지는 오 년제 학교는 안 된다는 것이었습니다. 오 년제 농업 학교는 학문 쪽으로 치우쳐서 진짜 농부의 일은 모른다, 그러니 삼 년제의 실습이 많은 학교에 보내라, 이렇게 말씀하셨습니다.

왜 농업 학교를 가야 하는지 잘 모르는 채 갔습니다만, 농업 학교에 들어가 보니 이건 못자리를 해야 하고, 보리밭 김매기를 해야 하고, 똥오줌을 메야 했습니다. 그 근처 농부의 아낙과 다를 것이 없었습니다. 뭘 위해 이런 일을 학생이 해야 하느냐는 생각으로 일 학년, 이 학년 때는 성적이 좋지 않았습니다. 공부를 하지 않았습니다, 싫어서. 그래도 학교는 빼먹지 않고 갔습니다. 학교에 가지 않으면 할아버지가 그냥 두지 않고 일터에 데리고 가는 것이 싫었기 때문이지요. 그래도 성적은 그리 나쁘지 않았습니다. 조금만 공부하면 쉽게 올라갔습니다. 주위가 모두 바보들 뿐이라서 그랬을까요?

학교는 여덟 시에 가서, 네 시에 돌아왔습니다. 그때는 방과 후에 일을 도우러 간다거나 하는 일이 없었기 때문에 좋은 시절이었습니다. 하지만 여름 방학에는 일터에 갔습니다. 학교를 다니는 날에는 저녁밥을 먹고 난 뒤 할아버지 안마를 해 드릴 때 할아버지께 이런저런 이야기를 들었습니다. 늘 어머니가 안마를 했지만 때로 "네가 할아버지를 좀 주물러 드려라. 나 좀 어딜 갔다 와야겠다."고 하실 때가 있습니다. 그래서 "할아버지, 안마해 드릴까요?" 하고 가면, 그때 여러 가지 이야기를 하시고는 했습니다.

목수란 이런 거라든가, 호류지 목수는 이렇게 해 왔다든가, 선조는 이런 분들이었다든가, 하는 이런저런 이야기를 들려주셨습니다. 제가 하는 궁궐목수의 이야기는 이때 배운 것이 많습니다.

농업 학교에 관해서는 별말씀이 없으셨지만, 한 번 이런 말씀을 하시더군요.

"좌우간 성실하게 공부해라. 농사를 모르는 사람은 제대로 된 사람이라고 할 수 없다. 땅의 생명을 잘 보아 두지 않으면 안 된다."

그래서 '땅의 생명'이란 뭘까 생각하고 있있는데, 학교에서 제게 밭 두 이랑을 맡겨 실습을 시키는 것이었습니다. 저는 오이를 기르게 되었는데, 오이 씨앗을 뿌리자 싹이 나오고, 덩굴이 자라고, 꽃이 피었습니다. 꽃이 피었나 했더니 열매가 달립니다. '하이! 할아버지가 언제나 말씀하시던 땅의 생명이란 게 이런 것일까!'라고 그때 알게 됐습니다. 그렇게 직접 농사를 지어 보는 사이에 재미가 붙더군요. 오이 농사는 제가 제일 잘했습니다. 수확량이 제일 많았지요. 그래서 상을 받은 일도 있습니다, 오이를 훌륭하게 잘 길렀다며. 그러나 비결은 별게 아닙니다. 할당된 것보다 더 많은 거름을 학교 퇴비장에서 가져다 넣은 것뿐입니다.

농업 학교에서 배운 것 중 나쁜 것은 담배입니다. 밭일을 하다가 잠시 쉴 때 "어이, 니시오카. 한 대 피워 봐."라며 친구들이 담배를 주는 것입니다. 그래서 피워 보니 머리가 핑 돌며 기분이 나쁘지 않았는데, 그때부터입니다. 집에서나 학교에서나 숨어서 피우게 되었고, 지금도 끊지 못하고 있습니다.

농업 학교란 이런 데였습니다만, 그곳에서 배운 것들이 대목장이 된 뒤에 크게 도움이 되었습니다. 시설이나 토양에 관한 공부가 발굴 조사 때 도움이 됐습니다. 거기다 임업도 배웠기 때문에, 산을 보고 나무를 사라는 구전도 왜 그래야 하는지 그 까닭을 쉽게 알아들을 수 있었습니다. 하지만 할아버지가 저를 농업 학교에 보낸 진짜 이유를 알게 된 것은 훨씬 훗날의 일입니다.

그때 농업 학교의 교장 선생님은 훌륭한 분이셨습니다. 농업 경제라는 시간에는 "최소의 노동을 들여서, 최대의 효과를 낳는다. 이것이 기본이다."라고 배웠고, 교과서에도 그렇게 적혀 있었습니다. 그때는 수신修身이라는 과목이 있었는데, 그 시간에 교장 선생님이 오시는 것이었습니다. 그래서 이런 말씀을 하시는 겁니다.

"너희들 농업 경제라는 걸 배웠지?"

"예, 배웠습니다."

"최소의 노동으로 최대의 효과를 얻는다고 배웠겠지?"

"예, 그렇습니다."

"그런데 그건 잘못된 생각이다. 그것은 서양식 시고다. 우리 일본의 농민은, 자기 한 사람의 노동으로 몇 사람을 먹일 수 있느냐가 기본이 돼야 한다. 이런 방향에서 학문을 하지 않으면 안 된다. 책에 쓰여 있는 그대로 외우기만 해서는 안 된다. 그렇지만 시험 때는 책에 쓰여 있는 대로 써라. 내가 이야기한 것은 쓰지 않아도 좋다."

이런 것을 가르쳐 준 분입니다. 저는 그 교장 선생님의 수신 과목을 듣게 된 뒤로부터 정말 새로운 각오로 농사일에 마음을 두게 되었습니다. 저는 다른 장인들처럼 여기저기 일을 배우러 다닌 적은 없습니다만, 이렇게 농업 학교는 저에게 또 하나의 배움터와 같은 곳이었습니다.

이런 일들을 겪으며 저는 열일곱이 되던 해 3월에 이코마生駒 농업 학교를 졸업했습니다.

졸업하자, 할아버지가 한 마지기 반(사백오십 평)쯤 되는 땅을 주시며 학교에서 배운 것을 써먹어 보라고 하시더군요. 그래서 두 해 정도 농사를 지었고, 그 뒤로부터는 궁궐목수 수업이 본격적으로 시작되었습니다.

할아버지와 아버지의 뒤를 잇다

　저희 집 택호는 이헤이伊平입니다. 옛날에는 제가 사는 마을에 니시오카라는 이름을 가진 집이 많았기 때문에 택호를 따로 지어 불렀던 것입니다. 우리 집안은 대대로 호류지의 목수였습니다만, 대목장이 된 것은 할아버지 때였습니다.

　할아버지께 들은 이야기입니다만, 에도 시대 때 호류지 목수는 나카이中井 야마토노카미大和守가 거느리고 있었다고 합니다. 그 야마토노카미 아래 대목장 몇 명인가가 긴키近畿[10] 지방의 목수 허가증을 발급했다고 합니다. 이 허가증이 있으면, 뱃삯이나 다리를 건널 때나 모두 공짜였다고 합니다.

　호류지 목수는 성城을 쌓는 공사에도 참가했습니다. 제 조상들도 오사카 성大阪城 조영 공사에 갔습니다. 성을 쌓고 난 뒤에는, 목수는 비밀을 너무 많이 알고 있기 때문에 참수를 해야 한다는, 요컨대 목을 베어야 한다는 말이 있었답니다. 그것을 가타기리 가쓰모토片桐且元란 분이 구해 주었답니다. 그러나 그대로 돌아가면 붙잡힐 것 같아서 고이즈미小泉 시장이란 곳에 살다가, 그 뒤에 호류지로 돌아왔던 것입니다. 이런 까닭으로 우리 조상의 묘는 가타기리 마을 고이즈미 시장의 안요우지安養寺라는 절에 있습니다.

호류지 목수는 긍지가 대단했던 것 같습니다. 교토의 왕궁을 고쳐 짓는 공사에도 참가해서 말 한 필에 칼 한 자루, 거기다 쌀 이백 가마를 받았다는 기록도 있습니다. 말 한 필이라면, 지금으로 이야기하자면 차 한 대가 되지 않습니까? 아니 그 이상일지도 모릅니다.

에도 막부幕府 말기에서 메이지 시대까지 호류지 대목장 가문은 오카지마岡島, 하세가와長谷川와 같은 집안이었습니다만, 호류지가 세력이 약해져 감에 따라, 제 할아버지가 되시는 니시오카 쓰네키치가 1884년에 대목장직을 넘겨받았던 것입니다. 그 뒤 아버지 나라미쓰가 이 대째가 되고 제가 삼 대째가 됩니다만, 호류지 대목장은 저로서 끝입니다.

하지만 궁궐목수는 별도입니다. 제 제자로 오가와 미쓰오라는 사람이 있습니다만, 그는 훌륭한 궁궐목수 대목장입니다. 그렇습니다. 저는 거의 제자를 두지 않았습니다만 오가와는 제가 궁궐목수 대목장으로 키웠습니다. 호류지 대목장은 저로서 끝입니다만, 고대 건축을 알고 그에 따라 대규모 나무 건물을 지어 가는 것에 관해서는 걱정할 필요 없습니다.

궁궐목수를 기르는 것과 궁궐목수 대목장을 기르는 것은 다르냐는 질문을 자주 받습니다만, 그렇습니다. 다릅니다. 대목장은 많은 사람을 데리고 건물을 완성시키지 않으면 안 되는 것이기 때문입니다. 궁궐목수는 대목장 아래서 나무를 다루는 것입니다. 상당히 다릅니다.

우리 아버지는 데릴사위었습니다. 스물네 살 때, 니시오카 집안에 데릴사위로 들어왔습니다. 그 전까지는 농부였습니다. 여기에 온 뒤로 궁궐목수 일을 시작했기 때문에 퍽 힘드셨겠지요. 연장 사용은 그다지 능숙하지 못했습니다. 그러나 규구술規矩術이라는 목수들의 계산법이 있는데, 그 일에서는 따를 사람이 없었습니다.

저는 아버지가 스물다섯 살 때 태어났습니다. 할아버지는 제가 태어나자 처음부터 저를 호류지 대목장으로 기를 생각이셨습니다. 어릴 때부터 일터에 데리고 다니셨습니다. 아무것도 하지 않아도 좋으니 거기서 보기만 하라는 것이었습니다. 그래서 저는 사람들이 일하는 것을 보면서 오도카니 앉아 있었습니다.

그러나 그렇게 하고 있으면, 어린 마음에도 장인들이 일하는 방식이나 솜씨의 좋고 나쁨이 보였어요. 저 사람은 잘한다, 이 사람은 별로 잘하지 못하잖아, 이런 것이 보입니다. 우리 아버지는 그다지 잘하지 못했습니다. 무엇으로 아느냐 하면, 몸동작입니다. 잘하는 사람은 움직임에 헛몸놀림이 없습니다. 깨끗합니다. 군더더기가 없이 매끄럽게 일을 해 나갑니다. 쓸데없는 일이 없습니다.

견습, 요컨대 보고 배우러 자주 다녔습니다. 일이란 보고 익혀 가는 것입니다. 할아버지는 이런 것을 경험으로 잘 알고 계셨기 때문에, 저에게 몸과 마음 양쪽으로 궁궐목수의 일을 배우도록 하신 것입니다.

할아버지께 배운 것이라면, 저나 아버지나 같습니다. 아버지는 제 부친입니다만, 제자라는 의미에서는 둘 다 할아버지의 제자입니다. 말하자면, 아버지와 저는 형제 제자인 셈입니다. 그렇더라도 아버지는 스무 살을 넘긴 뒤에 목수 일을 견습부터 배우기 시작했기 때문에 배우는 방식이 저와 달랐습니다. 어려서부터 시작한 사람들하고는 처지가 다르기 때문에 고생이 많았을 겁니다.

대목장이라면 조금 솜씨가 나빠도 괜찮지 않느냐는 생각을 할 수 있습니다만, 그렇지 않습니다. 먼저 솜씨에서 빠지는 데가 없어야 하고, 그 뒤에 사람을 다룰 수 있는 기량이 있어야 하기 때문입니다. 아버지는 뒤늦게 출발했지만, 그런데도 서른일곱에 호류지 서실西室 삼경원三經院 해체 수리의 내목장이 되었습니다.

제 경우는 처음부터 대목장이 되기 위한 교육을 받았기 때문에 대단히 힘들었습니다. 사람들을 잘 다루기 위해서는 먼저 일반 목수들이 하는 고생을 알지 않으면 안 된다 하여, 목수 견습생들과 똑같은 일을 해야 했습니다. 청소와 부엌일, 일터 정리, 준비 등 모든 일을 똑같이 해야 했습니다.

아이들에게 대를 물리지 않은 까닭

저한테는 아들 둘에 딸 둘이 있는데, 아들놈 둘이 다 목수가 아닌 다른 길을 가고 있습니다. 왜 뒤를 잇게 하지 않았느냐는 질문을 자주 받습니다. 제 쪽에서도, 그리고 자식들에게도 여러 가지 생각이 있었습니다만 간단히 이야기하면 이렇습니다.

다른 아이들은 놀 때 저는 놀 수 없었습니다. 이 이야기는 다른 자리에서도 했습니다만, 할아버지가 강제로 일터에 데리고 다니는 것이 너무 싫어서 저는 견딜 수가 없었습니다. 왜 목수 집안에 태어나 이 고생을 해야 하나, 하는 생각도 많이 했습니다. 이런 경험이 있었기 때문에 자식들에게는 이런 고생 시키지 말자, 자식들이 제 스스로 하겠다면 모를까 억지로 시키지는 말자, 따로 하고 싶어 하는 일이 있다면 그래도 좋다는 생각이었습니다. 싫어하는 것을 억지로 시켜 봐야 사람 꼴이 안 되니까요.

거기다 궁궐목수라고 매일 일이 있는 것이 아닙니다. 커다란 건물 해체 수리라도 있으면 좋습니다만, 그런 일이란 매우 드뭅니다. 이백 년에 한 번 정도니까요. 또한 요즘처럼 여기저기서 대형 건물을 재건한다거나 새로 짓는다거나 하는 시대가 오리라고는 그때는 생각도 못 했습니다.

절의 자질구레한 일감을 얻어 밥을 먹을 수 있는 시절도 아니었습니다. 전쟁이 끝난 1945년에, 우리 집 큰애는 열 살이었습니다. 그 뒤 여러 가지로 가장 중요한 시기에 제가 결핵에 걸려, 1950년부터 꼬박 이 년을 누워서 지냈습니다. 병이 깊어 언제 죽어도 이상할 게 없는 상황이었습니다. 암거래로 쌀 한 되에 이십오 엔 하는 때였습니다. 배급은 두 홉이나 세 홉밖에 안 되었습니다. 그때 부모와 자식을 합쳐 식구가 모두 여덟이었습니다. 그러니 그것으로는 모자랐습니다. 그래서 아무리 큰 절이나 신사를 짓는 궁궐목수라지만, 자식들까지 할 것이 못 된다, 아버지 뒤를 잇는 것도 좋지만 먼저 밥은 먹을 수 있어야 하지 않느냐, 라는 생각을 했던 것이지요. 그때 일반 목수는 육십 엔을 받고 있었는데, 저는 팔 엔 오십 전이었습니다. 그런 일도 있고 해서 저도 무리하게 자식을 궁궐목수로 만들려는 생각이 없었습니다.

그래서 어떻게 했느냐 하면, 식구들과 먹고살기 위해 대대로 물려 온 논밭과 산을 조금씩 팔아야 했습니다. 그때는 지금과 달라 그렇게 비싸게 팔 수도 없었습니다. 살아남는 게 먼저란 생각에서 크게 망설이지 않았습니다. 열네 마지기를 이어받았습니다만, 이제 남은 것은 이 집뿐입니다. 이렇게 해서 좌우간 궁궐목수 일을 해 오기는 했습니다만, 그 괴로운 사정을 자식들은 아플 정도로 잘 알고 있었기 때문입니다.

아, 그렇습니까? 애들이 제게 그놈들에게 연장을 들렸다고 그렇게 말합니까? 대단히 엄한 애비였습니다, 저는. 큰놈은 물론 작은놈에게도 한때 제 뒤를 이어 주었으면, 하는 마음은 있었습니다, 조금은.

제 자식에게는 시키지 않은 일을 왜 오가와란 제자에게는 시켰느냐는 이야기를 자주 듣습니다만, 그것은 사정이 조금 다릅니다. 오가와가 "호류지의 오중탑과 같은 건물을 저도 한번 지어 보고 싶은데 제자로 삼아 주시면 좋겠습니다."라며 저를 찾아왔을 때도, 처음에는 거절했습니다. 우선 일거리가 없었습니다. 그가 일터에 왔을 때, 저는 호류지 공양간에서 쓸 냄비 뚜껑을 깎고 있었습니다.

그랬기 때문에 일이 생기거든 와 달라, 그때까지는 어딘가 다른 일 터에 가서 연장 다루는 기술을 배우며 준비를 하고 있으라고 했던 것입니다. 일이 없으면, 궁궐목수의 일이 어떤 것인지 알 도리가 없는 것이고, 그때는 그럴 전망이 있는 것도 아니었습니다. 그 뒤 오가와가 오지 않았다면 인연은 그것으로 끝이었을 테지만, 상당히 패기가 있는 사람이라는 생각이 들더군요. 그 뒤 오가와는 불단佛壇을 만드는 집에 견습공으로 들어갔고, 또 다른 곳에서 도면 그리는 일을 하다가 제가 호류지 삼중탑 재건을 시작한다는 이야기를 신문에서 읽고 약속대로 제자로 삼아 달라며 왔던 것입니다. 오가와를 보고, 이 사람의 각오를 알고, 그때 처음으로 제가 제 자식에게 할 수 없었던 것을 이 사람에게 해 보고자 하는 생각을 하게 됐습니다. 처음부터 대목장으로 키워 가자고 마음을 먹었습니다.

그때 자식들에게 말했습니다. 이 사람은 남의 집 자식이지만 내 뒤를 이을 사람이다. 그러니 너희들도 윗사람 대접을 해라, 밥 먹을 때도 내 옆에 앉힌다, 이렇게 식구들에게 이야기했습니다.

좋은 때 제자가 되고 싶다며 온 것입니다. 저 또한 예순둘, 환갑이 넘었을 때입니다. 그전처럼, 귀신이란 별명이 붙을 정도로 일만 아는 사람이 아닌, 마음에 여유가 생겼을 때였습니다. 그리고 무엇보다도 삼중탑 재건이라는 기회를 만났던 것입니다. 탑을 재건하며 처음부터 일을 가르칠 수 있었기 때문입니다.

오가와는 열심이었습니다. 고등학교를 졸업한 뒤부터였기 때문에, 제자가 되기에는 너무 늦었다는 이야기도 했습니다. 그런데 밤 늦게까지 자지 않고 연장을 가는 것이었습니다. 제가 처음 일 년은 책을 안 보는 것이 좋고, 텔레비전이나 라디오 또한 안 보는 것이 좋다, 좌우간 연장을 갈라고 한 것입니다. 그랬더니 정말 밤에 잠도 안 자고 끌며 대팻날을 갈고 있는 모습을 보고, 이 정도라면 물건이 되겠다는 생각에 안심했습니다. 습직이 날해서, 복수가 되기 싫어하는 자식들에게 억지로 뒤를 잇게 하지 않아도 좋다고 생각했습니다.

이런 이유로 저희 집 자식이 아닌 오가와에게 뒤를 물려주게 된 것입니다.

오직 호류지 대목장으로 살다

아버지로서는 완전히 실격이었습니다. 아이들에게 아무것도 해주지 못했습니다. 그런 걸 생각할 여유가 없었습니다. 남편으로서도 실격입니다.

일에 관한 한, 호류지에는 니시오카라는 귀신이 있다는 이야기를 들을 정도였습니다만, 집에 돌아와서도 마찬가지였습니다. 귀신 같은 존재였습니다. 하여튼 머릿속이 일로, 일에 관한 생각으로 늘 가득했으니까요. 딸 둘에 아들 둘입니다만, 앞에서도 말씀드린 대로 자식들은 제 뒤를 잇지 않았습니다.

그렇습니까, 그 애들도 무서웠다고 합니까? 그랬을 겁니다. 무서워서 가까이할 수 없었다고 합니까? 아마 그랬을 겁니다.

대목장의 일이란 그런 것입니다. 옛날 목재는 조사하면 할수록 온갖 것이 다 나옵니다. 거기다 수많은 사람을 써서 일을 시키지 않으면 안 되기 때문에 그 갈무리를 비롯하여 일이 산처럼 많아 집안일에 마음을 쓸 수가 없는 것입니다. 좋은 아버지가 아니었습니다. 가장으로서도 실격이었습니다. 식구들 모두 고생이 많았을 겁니다. 완고하게 구전을 지키며 다른 일은 하지 않았습니다. 거기다 아이들이 한창 자랄 때는 병이 들어 있었고요. 그때 죽음의 연못가를 헤매며 별의별 생각을 다 했습니다. 이렇게 도무지 앞날을 알 수 없을 바에야 죽든지 살든지 양단간에 하루빨리 결정이 나면 좋겠다는 심정이었습니다.

팔아도 몇 푼 안 되는 전답을 모두 팔아 가며 연명을 해 가고 있었으니까요. 아이들도 그것을 모두 잘 알고 있었습니다. 그런데도 저는 할아버지께 배운 대로 호류지의 궁궐목수 역할을 다하고자 생각했습니다. 그러느라 집안에 먹을 것도 넉넉하게 대 주지 못했고, 아이들에게 놀잇감 하나 사 주지 못했습니다.

이런 아버지의 모습을 보며 아버지 뒤를 잇고 싶은 마음이 일어나겠습니까? 당연한 일이었습니다. 제가 받아야 할 일을 받고 있다고 생각했습니다. 시중의 상가를 짓는다거나, 토목 건축업이라도 하고 있었다면 그런 일은 없었을 테지요.

친척들이나 저의 형제들조차도 별난 놈이라고 지금까지도 생각하고 있습니다. 가까이 하려고조차 하지 않습니다. 저 또한 그래도 좋다고 생각하고 있습니다. 그런 일에 마음을 쓰면 일을 할 수 없으니까요.

올해 이렇게 병이 들기 전까지 칠십 년 넘게 저에게는 일밖에 없었습니다. 눕거나 앉거나 오로지 일에 관한 생각뿐이었습니다. 그 정도로 아스카·하쿠호 시대 선인들이 지은 건물은 위대합니다. 그런데도 아직 발밑에도 미치지 못합니다.

온갖 일이 있었지만 궁궐목수로서 저의 인생은 보람이 있었다고 생각합니다. 그만큼 식구들은 고생이 심했을 테지만.

이렇게 이어져 온 호류지의 대목장은 제가 마지막입니다. 이제부터는 새로운 모습의 궁궐목수가 나옵니다.

제가 할아버지로부터 배운, 오랜 옛날부터 연면히 이어져 내려온 목수의 기술이나 지혜는 다음 사람에게 전해졌습니다. 궁이나 사찰, 사원이 나무로 지어지는 한, 거기에는 이어져 오는 문화가 있습니다. 아버지로서는 완전히 실격입니다만, 궁궐목수로서는 좋은 시대를 만나 저 나름으로는 후회 없이 일을 할 수 있었다고 생각합니다. 고마운 일입니다.

자연을 장구하게 살려 낸 건물을 짓고 싶다

　만약 누군가 저를 보고 자유롭게 네가 좋아하는 형식으로 건물을 지으라고 하면, 아스카라든가 하쿠호라든가 덴표도 좋습니다만, 저는 가마쿠라 양식으로 지어 보고 싶습니다.

　가마쿠라 양식에는 일본다운 감성이 있습니다. 아니 일본답다기보다 일본인답다고 하는 것이 좋을지도 모르겠습니다. 아스카나 하쿠호도 아름답습니다. 대륙의 문화를 흡수하여 일본의 풍토에 맞게 개량해 온 위대한 지혜가 거기 담겨 있으니까요. 하지만 일본의 독자적인 양식은 역시 가마쿠라 시대 언저리의 건물에서 완성된 것이 아닐까 싶습니다. 이 시기를 지나서 무로마치 시대가 되면 장식이 많아지며 화려함을 좇아서 타락해 갑니다.

　가마쿠라 시대 건축에는 힘이 있고, 나무 마름질에서도 무로마치보다 두텁고, 무엇보다도 쓸데없는 장식이 없다는 점이 특징입니다. 간결하지 않습니까?

선종禪宗의 영향도 있겠지요. 선종이란 상당히 재미있습니다. 그 전까지의 불교가 논리적으로 인간의 심정을 체험해 가고자 하는 것이었다면 선종은 좌선을 통해 나는 본래 어떤 물건인가를 깨우치고자 합니다. 진지하게, 겸허하게 참 자기를 찾습니다.

그러므로 그 간결함이 겉으로 나타납니다. 본심을 찾고자 하는 기운이 건물에 드러나는 것이지요. 그 시대 무사들의 생활 방식에도 그것이 나타나 있지 않습니까? 시대의 특성이 분명히 있고, 또 시대의 아름다움이라는 것도 있습니다.

그 뒤로 무로마치 시대가 되면서 여러 가지 연장이 생겼습니다. 그때까지는 없던 대패가 생겼고, 널판도 톱으로 켜게 됩니다. 편리함이 추구된 듯합니다. 그 자체는 나쁘다고 할 수 없지만, 편리한 물건이 나오면 인간은 역시 거기에 의존하며 본래의 것을 잊어버리는 경향이 있습니다.

그렇게 되면 건축을 머리로 하게 됩니다. 계산을 하게 되고, 능률이 일의 중심이 됩니다. 그 전까지는 연장라고 해 봐야 변변치 않아서 판자도 마름질을 하지 않으면 안 되었습니다. 하나하나 손으로 다룰 수밖에 없었습니다. 그러므로 나무의 성질을 잘 파악해야 했습니다. 그렇게 사물의 본질을 파악하는 훈련을 쌓아 왔습니다만 시대가 바뀌며 그것이 쓸모없어지게 됐습니다.

자루 대패가 모습을 감춘 것도 무로마치 시대입니다. 편리한 물건이 생기면, 그에 따라 사라지는 것이 있습니다. 어느 한 연장이 사라진다는 건, 다만 그 연장 하나만 사라지는 걸 뜻하지 않습니다. 그 연장이 있어 꽃피었던 문화도 그 연장을 따라 함께 사라져 갑니다.

호류지 기둥에 남겨진 부드러운 날붙이의 흔적, 그 좋은 촉감을 만들어 낸 것이 바로 자루 대패입니다. 그러나 자루 대패가 모습을 감춤으로써, 나무껍질을 어떻게 벗겨 냈는지 알 수 없게 됐습니다. 저는 정창원正倉院[11]에 가서 보고 자루 대패를 복원했습니다만, 그것도 쉬운 일이 아니었습니다. 무로마치 초기 시대를 마지막으로 자루 대패가 가지고 있던 문화가 사라졌기 때문입니다.

그 대신 여러 가지로 편리한, 자잘하고 세밀한 일까지도 할 수 있는 새로운 연장이 생기게 되었습니다. 그렇게 되면 그때까지 불가능했던 일이 가능해집니다. 그리고 그 일이 가능해지면, 사람이란 그 일이 하고 싶어집니다. 다른 사람보다 좋은 것을 만들려는 것은 좋습니다만, 다른 사람이 만들 수 없는 물건, 까다로운 것을 목표로 하게 된다는 데 문제가 있습니다. 그러면 건물에도 본디의 견고한 구조가 쇠퇴하고, 남에게 보이려는 장식이 늘어나며, 판재만 해도 마디가 없는 결이 곧은 것만을 찾게 된다거나 하는 식으로 부자연스러운 것을 사용하고 싶어집니다. 이렇게 일단 한 번 부자연스런 것이 나오면 그걸 따라 "나도 할 수 있다."는 사람이 반드시 생기게 되며, 그리고 그걸 좋아하고 기뻐하는 사람 또한 생기게 됩니다. 이렇게 솜씨를 다투고 자랑하게 되어 갑니다.

구전에서 이야기하는, "나무는 나서 자란 방향 그대로 써라."든가 "나무의 성질을 살려서 써라." 하는 예로부터 전해 온 지혜를 무시하게 되는 것도 기술이 앞서기 때문입니다.

에도 시대에 접어들면 그것이 더 심해집니다. 닛코日光의 도쇼구東照宮라 하면, 여러분은 수학여행 같은 때에 가서 보고 대단하다, 훌륭하다, 멋지다며 이구동성으로 합창을 하는 건물입니다. 그러나 건물로서 보면, 도쇼구는 별로 좋지 않습니다. 지나치게 화려하고 현란해서, 이래도 과연 좋을까 하는 생각이 들 정도로 꾸며져 있습니다. 화장품을 떡칠하듯 발라 야하게 화장을 한 무용수와 같은 모습입니다. 건물이 본래 가진 힘을 완전히 무시해 버리고 있습니다. 그래서는 건물이 아니라 조각이라고 해야 합니다.

　이런 게 없는 것이 가마쿠라 시대의 건물입니다. 선이 소박하며 독특한 미관美觀이 있고, 아름답습니다. 그것은 자연을 오래 살려 쓰고자 하는 뜻이 거기 표현되어 있기 때문입니다. 당시 사람들의 생활 방식이 잘 나타나 있습니다. 이전 불교에 충격을 준 선禪의 정신, 요컨대 간결하고 힘차고 참신하고 겸허한 선의 세계가 거기 잘 나타나 있습니다.

　호류지로 이야기하자면 사리전舍利殿과 회전繪殿, 그리고 뭐니 뭐니 해도 동원의 종루입니다. 젊었을 때 몰래 그것들의 도면을 그려 본다거나 했던 적도 있는데, 네가 좋아하는 대로 해 보라고 하면 저는 가마쿠라의 건축을 택하겠습니다.

뜻깊은 인연을 돌아보다

　그렇습니다. 오늘까지 참 많은 사람들을 만났습니다만, 기억에 남는 사람이라고 하면, 먼저 호류지의 사에키 조인佐伯定胤 스님을 들겠습니다. 이미 이 세상 분이 아닙니다만 호류지의 주지 스님이었던 분이지요. 제가 어려서 할아버지 손에 이끌려서 호류지에 다닐 때부터 계셨습니다. 제게 자주 과자를 주셨지요. "이리 오너라. 이리 오너라." 하고 저를 불러서 가 보면, 곰팡이가 슬어 있는 양갱을 주시는 것이었습니다. 소중하게 보관해 둔 까닭으로 그 사이 곰팡이가 슬어 버린 것입니다.

　불교의 기초를 가르쳐 준 분도 이 스님입니다. 호류지 대수리가 시작되기 전에 스님이 아버지를 불렀습니다.

　"이번 공사를 잘 부탁합니다. 이 사찰은 쇼토쿠 태자가 우리 나라에 불교를 널리 전파하려는 생각으로 지은 사찰로서, 〈법화경〉을 으뜸 경전으로 삼는 곳이기 때문에, 당신들도 이 수리를 일이라고만 생각하지 말고, 태자가 어떤 뜻으로 이 사찰을 지으시려 했는지를 생각하며 일을 해 주기 바랍니다. 그러기 위해서도 〈법화경〉을 꼭 읽어 보시기 바랍니다."

이런 이야기를 하셨습니다.

그런데 〈법화경〉을 읽고자 해도 한문으로 되어 있어서 알 수가 있어야지요. 그때 마침 다이쇼大正 대학의 고바야시 이치로小林一郎라는 분이 〈법화경〉을 번역하여 세상에 내놓아, 그것을 사서 읽었습니다. 그리고 얼마 지나서 저에게 사에키 스님이 "〈법화경〉 어떻게 됐어? 읽어 봤어?"라고 물으시더군요.

"아니요. 절에서 빌려 주신 〈법화경〉은 도무지 읽을 수가 없어서, 고바야시 선생님이 번역하신 《법화경》을 사서 읽었습니다."

이렇게 대답을 하자,

"음, 그런가. 아무래도 좋다. 그런데 읽어 보니 어떻던가? 어떤 생각이 들던가?"

대답하기 힘든 질문이지만 솔직하게 이야기했습니다.

"완전히는 잘 모르겠습니다만, 대단히 소중한 것을 이야기하고 있다는 생각이 들었습니다."

이렇게 대답을 하니, "그것으로 좋다."라고 하시더군요. 구전에 "신이나 부처를 숭상하지 않는 사람은 사찰이나 사원을 입에 올려서는 안 된다."는 것이 있습니다. 이것은 불교를 존중한다는 것으로서, 내용까지 깊이 알아야만 한다는 뜻은 아니지만, 그 뒤로도 《화엄경》, 〈삽화전집揷話全集〉 등 여러 가지 책을 읽었습니다. 이것도 모두 사에키 스님 덕분입니다.

〈법화경〉은 어떤 내용이냐고요? 음, 간단히 이야기하자면 깨달음이란 인간 본래의, 태어난 그대로의 더럽혀지지 않은, 무구한 마음으로 세상의 일을 보고 처리하는 것이라고 할까요. 뒤에 생긴 공리적인 지혜를 가지고 사는 것이 아니라, 타고난 그 무구한 마음으로 생명을 완수하라, 이것이 깨달음이라는 것이 아니겠습니까?

조금 전에 이야기한 구전에, 부처를 숭상하면 되지 불교에 관해 깊이 알아야 하는 것은 아니라는 이야기를 했습니다만, 사원이나 사찰을 건립할 때, 호류지라면 호류지, 야쿠시지라면 야쿠시지를 지은 사람의 마음을 저는 생각해 보곤 했습니다.

예를 들어, 호류지는 웅혼하며 나무 마름질이 중후합니다. 야쿠시지는 호류지와 거의 같은 시대의 것이지만, 어느 쪽인가 하면, 우아합니다. 쇼토쿠 태자는 불교를 통해 나라를 다스리려는 생각에서 인재 양성을 위한 사찰로 호류지를 지으셨습니다. 야쿠시지는 처음에는, 덴무 천황이 지토持統 천황의 병이 쾌유하기를 바라는 마음으로, 그 뒤는 지토 천황이 죽은 남편 덴무 천황을 기리기 위해 지은 절입니다.

사에키 스님 말고도 기요미즈데라青水寺의 오니시 료케이大西良慶 스님, 야쿠시지의 하시모토 교인橋本凝胤 스님이 있습니다. 이분들은 사에키 스님보다 한 시대 뒤의 분들입니다만, 생각이 요즘 사람들처럼 공리적이 아니었습니다. 성발 순수했습니다. 다카오카高岡의 고쿠타이지國泰寺라는 절의 이나바 신덴稻葉心田 스님, 이분은 선종인 임제종 분입니다만, 역시 욕심이 없고 행동이 자유로운 분이었습니다.

보통 종정 스님이라든가 주지라든가 하는 사람들은 장인을 바보 취급합니다. 자신들이 불러 탑이나 당을 짓게 하는 것이라는 생각 아래 목수를 업신여깁니다. 가볍게 봅니다. 이것이 다릅니다.

그런데 앞에 말한 분들은 우리를 존중해 주셨습니다. 사람 대접을 해 주셨던 것입니다. 이나바 신덴 스님은 탑을 지어 달라고 일부러 야쿠시지까지 와 주셨습니다. 고쿠타이지는 임제종 국태사파의 본산으로 수행 도량입니다. 수행하는 스님이라면 뭔가 무서운 사람 같습니다만, 우리들을 잘 대해 주었습니다.

하시모토 교인 스님은 야쿠시지 재건 때 저를 데리러 직접 와 주셨습니다. 몸소 오셔서 호류지 일이 끝났다면 우리 야쿠시지의 일을 해 주지 않겠느냐는 것이었습니다. 서는 그때 호류지의 삼중탑 해체 수리를 하고 있었지만, 자금이 부족해 쉬고 있었습니다. 그래서 "저는 호류지의 목수로, 이곳 일을 하고 있는 중이라 갈 수 없습니다." 하고 거절했습니다. 그러자 호류지에서 "마침 잘됐다. 모자란 돈을 마련하고 있을 테니 가서 도와주고 와라." 해서 야쿠시지의 금당 일을 하러 가게 됐습니다. 이렇게 야쿠시지로 불러 준 것이 하시모토 교인 스님입니다.

야쿠시지에서 하시모토 교인 스님의 뒤를 이은 분이 지금의 다카다 고인高田好胤 스님입니다. 이분도 훌륭합니다. 저는 처음에, 사람들이 탤런트 스님, 탤런트 스님 해서 저도 그런가 보다 생각하고 있었는데, 만나서 이야기를 해 보니 달랐습니다. 이 사람이야말로 진짜 스님이 아닐까 하는 생각이 들었습니다. 하시모토 교인 스님은 역시 옛날식이라서 모르는 것을 물으면 "가서 더 공부하고 오세요."라고 대답하는 분이었습니다. 그런데 다카다 고인 스님은 "아!

그것은 이런 것입니다." 하고 자세히 이야기해 주시고는 했습니다. 하시모토 교인 스님은 스스로 깨달음을 열고 길을 찾는 불자였다고 생각합니다. 물론 다카다 고인 스님도 그렇습니다만, 이 스님의 경우는 깨달음을 널리 알리고 싶어 하는 마음이 컸습니다. 그런 생각 아래 야쿠시지 재건에서도 기업의 기부금은 거절하고 사경寫經을 통해, 다시 말해 일반 신도들이 십시일반으로 모아 낸 돈으로 금당과 탑을 세우고, 중문中門과 회랑을 짓고 강당을 재건하고자 한 것인데, 훌륭한 자세 아닙니까?

야쿠시지 서탑西塔을 재건할 때 재미있는 일이 있었습니다.

야쿠시지는 동서로 두 개의 탑이 있어야 한다, 그래야 야쿠시지다, 동탑에 해당하는 금당 재건이 끝나면, 부디 서쪽 탑도 지어야 한다는 이야기를 금당 상량식 전후로 제가 했습니다. 그러자 그 답으로 다카다 종정 스님은,

"니시오카 씨 말씀대로 야쿠시지는 양쪽에 탑이 있을 때 비로소 가람이 됩니다. 동의합니다. 하지만 금당을 완성시키는 것으로 저는 힘을 다했습니다. 탑도 짓고 싶지만 그것은 다음 세대의 일로 넘기지 않을 수 없습니다."

라고 했습니다.

그런데 집사장인 야스다 에인安田暎胤 스님이 제 숙소로 와서,

"니시오카 씨, 그 탑을 짓는 데 나무가 얼마나 필요합니까?"

라고 묻는 것입니다. 그래서,

"얼추 계산해서, 이천이백 석(일 석은 약 영 점 이팔 세제곱미터) 정도
입니다."

라고 대답했습니다. 그러자,

"살까요?"

하기에,

"돈이 있습니까?"

라고 물으니,

"마침 있습니다."

해서 사기로 했습니다.

그래서 대만에 갔을 때, 서탑도 지을 생각으로 나무를 골랐고,
당연히 나무는 당초보다 훨씬 많은 양이 오게 되었는데, 이것을 보
고 다카다 종정 스님이,

"니시오카 씨, 이게 도대체 어찌 된 일입니까?"

라고 묻는 것이었습니다.

"이 커다란 사찰을 지켜 가기 위해 필요한 나무입니다. 호류지도

그렇게 합니다. 태풍이나 지진이 있으면 어떻게 합니까? 그냥 둘수 없지 않습니까? 그때가 되어 주문하면 늦기 때문에, 이렇게 미리 준비를 해 두지 않으면 안 됩니다."

이렇게 이야기하자,

"아, 그렇습니까? 당신은 호류지라는 뛰어난 사찰을 지키며 그렇게 여러 가지로 마음을 쓰는군요. 그럼 부디 잘 부탁합니다."

그렇게 이야기가 되었습니다.

그 뒤 서탑을 짓는 데 쓸 목재를 모두 갖추고 나서 다카다 종정 스님에게 서탑에 관한 이야기를 꺼냈습니다.

그렇습니다. 금당 이야기가 나올 때부터 서탑이 벌써 제 머릿속에 들어 있었습니다. "당을 짓지 말고 가람을 지어라."라는 구전이 있는 것입니다. 금당 재건 이야기를 시작할 때 벌써 서탑이 제 머리에 들어와 있었던 것입니다.

중문이나 회랑, 강당까지 생각한 것은 탑이 끝나고부터입니다. 탑이 완성된 시점에서 회랑을 결정했던 것입니다. 서탑 낙성식에 참석한 사람들에게 저는 이렇게 부탁했습니다.

"탑이 되었다고 마음을 놓지 마세요. 중문과 회랑, 그리고 대강 당까지 아직도 하지 않으면 안 되는 것이 남아 있습니다."

그래서 중문이 되고 지금은 회랑을 하고 있습니다. 공양간이나 십자랑十字廊, 대강당 등도 기본 설계는 끝이 났습니다. 그 뒤는 다음 사람들이 할 일뿐입니다. 금세기 중에 완성이 될까 모르겠군요. 거기까지는 일이 진행돼 있습니다. 발굴 조사와 같이 확인하지 않으면 안 되는 것이 아직 남아 있지만, 기본적인 것은 모두 돼 있습니다. 저의 일은 끝났습니다. 남은 것은 없습니다. 뒤는 짓는 일뿐입니다.

　처음에는 여기까지 할 수 있으리라고 생각도 못 했습니다. 다카다 스님이 강연에서 사경 이야기를 했고, 사경이 모이며 여기까지 일이 된 것이기 때문입니다.

좋은 시대를 만나 이룬 것들

좋은 시대를 만났다고 생각합니다. 정말 좋은 시대에 태어났다고 생각하고 있습니다.

설마 제가 큰 사찰을 지을 수 있으리라고는 생각도 못 했습니다. 좋은 인연 덕분입니다. 할아버지께 그만큼 훈련을 받지 않았더라면 오늘의 저는 있을 수 없었습니다. 그리고 오늘날까지 호류지 목수의 기술과 지혜를 오래도록 이어 준 옛날 목수들에게 감사하지 않을 수 없습니다.

만약입니다만, 제가 호류지의 해체나 수리를 하지 않고서, 야쿠시지 건축 일을 부탁받게 되었다면 두려워서 아무것도 할 수 없었을 것입니다. 호류지에서 충분히 수업을 받고, 비로소 아스카 시대의 건물에 대해 알 수 있었던 것입니다. 그것도 어려서부터 마지못

해 한 것이기는 합니다만, 훈련을 받았고, 호류지 목수의 구전 같은 것을 배울 수 있었기 때문에 가능한 일이었습니다.

아버지와 함께 할아버지 앞에 서서 구전에 대해 들었습니다. 그때는 말뜻 정도를 막연히 알 수 있었을 뿐, 진짜 의미는 몰랐습니다. 할아버지가 말씀하신 것이 이런 의미였던가, 라고 알 수 있었던 것은 호류지의 금당을 수리할 때였습니다.

저를 농업 학교에 보낸 할아버지의 뜻을 알게 된 것도 훨씬 나중일입니다. 그때 할아버지가 농부가 되어 보지 않으면 안 된다, 농사를 짓지 않으면 안 된다고 말씀하신 뜻도 그렇습니다. 훨씬 뒤에야알 수 있었습니다. 그리고 병에 걸려서 식구들을 건사할 수 없게 되었을 때도, 조상들께 물려받은 전답이나 산이 있었기 때문에 살아올 수 있었던 것입니다.

이것이 모두 수업이었습니다. 이런 시대를 살아왔고, 하고 싶은이야기를 했고, 학자들과도 대등하게 의견을 주고받았고, 일도 납득이 가는 자리에서 해 왔다고 생각합니다. 아주 조금만 시대가 어긋났더라도 야쿠시지 건립은 불가능했습니다. 빨랐더라면 제게 힘이 없었을 것이고, 늦었더라면 나이가 들어 체력이나 정신력이 따라 주지 못했을 것입니다.

사람과의 인연도 그렇습니다. 좋은 시기에 좋은 사람을 만날 수 있었습니다. 호류지의 사에키 조인 스님에게 큰 은혜를 입었습니다. 야쿠시지의 하시모토 교인 스님이 불러 주시지 않았다거나, 다카다 종정 스님을 만나지 못했더라면 큰 가람을 짓는 기회도 얻기 어려웠을 것입니다. 단 한 세대만 어긋났더라도, 해체 수리는 모르겠지만 가람을 지을 기회는 얻기 어려웠을 것입니다. 한 세대 앞인 할아버지의 시대였다면 더 일이 없었겠지요. 그 시대는 사찰을 짓는다거나 하는 시대가 아니었습니다. 저와 같은 시대도 무리였을지 모르는 일이기 때문입니다. 제 동생 나라지로도 목수입니다만, 그에게는 이런 기회가 주어지지 않았던 것입니다.

　논밭과 산은 모두 없어져 버렸지만, 좋은 기회를 만나 선조로부터 이어받은 기술로 마음껏 일을 할 수 있었던 점, 고맙게 여기고 있습니다. 한때는 저로서 끝이라고 생각했고, 자식들도 저와 다른 길을 가게 되어 이대로 후계자를 기르지 못하고 말지 않을까 걱정스럽기도 했지만, 호류지의 삼중탑 재건이란 기회가 생기며, 오가와 미쓰오라는 제자를 제 몫을 충분히 해내는 대목장으로 키울 수 있었습니다. 그리고 이렇게 번영의 시대가 왔습니다.

　저만 어떤 특수한 힘을 가지고 있었던 것은 아닙니다. 예부터 오랜 세대에 걸쳐서 이어진 기술 덕분입니다. 옛날에는 저와 같은 장인이 숲 속의 나무처럼 많았습니다. 그러던 것이 한 사람 한 사람 쓰러져 가고, 정신을 차려 보니 단 한 사람이 남아 있었습니다.

선조로부터 여러 대에 걸쳐서 이어지며 남겨진 것이, 제 대에서 꽃을 피울 수 있게 된 것입니다. 뒤를 돌아보면, 어림할 수 없을 만큼 많은 사람들이 긴 실에 꿰여 있고, 그 끝에 제가 있는 것입니다.

그러나 이것으로 끝이 아닙니다. 천삼백 년 전에 지어졌으나 지금까지 견뎌 온 사찰이 남아 있고, 우리가 세운 탑이나 당도 이제부터 시간의 시련을 받게 될 것입니다. 백 년이나 이백 년이 지나서 우리들이 지은 당이나 탑이 어떤 모습을 하고 있을까, 하는 생각을 하며 지어 왔습니다. 그때는 과연 어떻게 되어 있을까, 보고 싶은 마음입니다. 삼백 년이 지난 뒤에도 우리가 세운 서탑이 동탑과 나란히 서 있으면, '제대로 했구나.'라며 그때 비로소 안심을 할 수 있을 것 같습니다.

우리 궁궐목수들의 일은 시대로부터 배우고, 기회를 얻어 그 시험을 받아 온 것입니다. 저로서 끝이 아닙니다. 이 뒤로도 이제까지보다 더욱 오래 이어질 것입니다.

백 년이나 이백 년 뒤에는 니시오카, 곧 저와 같은 이가 없기 때문에 나무로 탑을 짓는다거나 수리하는 일은 어려울 것이라는 이야기를 자주 듣습니다만, 그런 일은 없을 것입니다. 실제로 어딘가에 탑이 있다면, 나무를 아는 자나 일을 제대로 하는 자는 그 탑을 보고 옛사람은 이렇게 했구나, 라며 우리가 천삼백 년 전에 세워진 호류지의 힘참이나 우아함에 감동하며 배웠던 것처럼 그들도 배워서 할 수 있습니다. 그것이 불가능하리라는 생각에서 콘크리트나 철근으로 하자는 건 다음 세대에 대한 모욕입니다.

저도 호류지나 야쿠시지의 건물에서 많은 것을 배웠습니다. 우리 후손들도 우리가 제대로 된 건물을 남겨 주면 그것에서 배울 수 있습니다. 그래서도 우리는 온 힘을 기울여, 최선을 다해 제대로 된 걸 남기지 않으면 안 되는 것입니다. 그렇지 않은 건축은 전해져야 할 것이 전해지지도 않을 뿐만 아니라, 그때까지 전해져 온 것을 단절시키게 되는 것입니다.

이렇게 시대의 도움을 받아 일을 해 왔기 때문에 저 또한 제가 할 수 있는 한 최선을 다하는 것이, 선대나 후대에 대한 제 임무이자 책임이라 여기고, 그렇게 이제까지 일을 해 왔습니다.

주

1 이즈모타이샤出雲大社 : 시마네島根 현에 있는 신사. 일본에서 가장 오래된 건축 양식.

2 기소木曽 : 나가노 현 남서부 기소 강 상류 언저리에 있는 마을.

3 아스카飛鳥 시대 : 야마토大和의 아스카 지방이 도읍이었던 시대로 6세기 후반부터 7
세기 중엽까지이다. 대륙에서 건너간 불교 문화, 특히 불교 미술이 번성했다.

4 하쿠호白鳳 시대 : 일본 문화사, 특히 미술사를 기준으로 시대를 나눈 것으로, 7세기 후
반에서 8세기 초까지를 이른다. 수나라와 초기 당나라의 영향이 크며 불교 미술이 주
류를 이루었다.

5 다마무시노즈시玉蟲廚子 : 이 미터가 조금 넘는 목조 공예물이다. 건축물 구조로 되어
있는데, 노즈시는 불상을 모시는 방이나 집을 말한다. 호류지의 금당이나 오중탑보다
오래된 양식으로 알려져 있다.

6 시코로부키葺綴き : 팔작지붕과 비슷하지만, 위쪽 맞배지붕이 끝나고 아래 사방으로 물
매를 잇는 부분에서 단을 한 번 나누어 지붕을 얹는다. 아주 드문 양식으로, 지붕이 이중
으로 겹쳐 보이는 것이 특징이다.

7 소로小櫨 : 사원 건축 따위에서 기둥 위에 놓는 것으로, 모두 똑같은 크기에 똑같은 모
양이다. 접시받침이라고도 하는데, 기둥과 들보를 연결하고 고정시키는 역할을 한다.

8 한텐袢纏 : 겉옷의 한 가지로 옷고름이 없고 깃을 뒤로 접지 않은 활동적인 옷.

9 다비足袋 : 일본식 버선.

10 긴키近畿 : 교토 부, 오사카 부, 시가滋賀 현, 나라 현, 효고兵庫 현, 와카야마和歌山
현, 미에三重 현을 합친 지역. 간사이關西 지방이라고도 한다.

11 정창원正倉院 : 나라 현 도다이지 대불전 북서쪽에 있는 대형 목조 창고. 7세기, 8세기
의 물건이 구천여 점 보관되어 있다.

호류지 목수 구전
천삼백 년을 이어 온 소중한 지혜

　호류지 목수들에게는 대대로, 입에서 입으로 전해져 내려온 구전이 있습니다. 저는 할아버지께 배웠습니다. 그 중 몇 가지를 소개하겠습니다. 이 밖에도 구전은 백여 개가 더 있습니다만, 이것들에 견주면 사소한 것들입니다.

　구전은 사찰을 짓는 목수들의 지침인 동시에 계율이기도 합니다. 본래 목수를 위한 것입니다만, 여러분이 들으셔도 도움이 되는 바가 있을 겁니다. 건물을 짓는 마음가짐, 일을 보는 시각, 다른 사람과 관계 맺는 방법 들에 관한 것이기 때문입니다.

신이나 부처를 숭상하지 않는 자는 사원이나 사찰 건축을
입에 올리지 말라.

이것은 신의 길을 모르는 자는 사원 건축을 입에 올리지 말라, 또한 부처의 도를 모르는 자는 사찰 건축을 입에 올리지 말라는 것입니다. 물론 이것은 신자나 불자가 아니면 손을 대서는 안 된다는 뜻이 아닙니다. 자신이 짓고자 하는 것, 하는 일이 어떤 것인가를 알지 않으면 안 된다는 궁궐목수로서의 마음가짐을 일컫는 것입니다. 돈만을 위한 일이 되어서는 안 된다는 것입니다.

호류지는 쇼토쿠 태자가 불자를 기르기 위한 도량으로 지은 사찰입니다. 불법으로써 나라를 다스리고자 했던 것입니다. 태자의 가르침이 어떤 것이었는가 정도도 모르고서, 호류지 해체나 수리에 임할 수는 없지 않느냐는 것입니다. 제가 이 일을 시작했을 때, 호류지의 사에키 조인 스님이 말씀하신 그대로입니다. 〈법화경〉 정도는 눈으로 한번 훑어 두기라도 하라고.

이 구전과 비슷한 것으로 이런 것이 있습니다.

"집은 거기 사는 사람의 마음을 떠나서는 집이 아니다."

집을 짓는다면 거기 살 사람들의 마음이나 생각을 받아들이고, 그 뜻을 짐작하여 지으라는 것입니다. 그것을 목수 멋대로, 또는 돈벌이 수단으로서만 지으려 하지 말라는 것입니다.

가람을 지을 때는 사신 상응의 땅을 찾아라.

여기서 사신四神이란 중국에서 전해진 네 방향의 신을 말하는 것으로 청룡青龍, 주작朱雀, 백호白虎, 현무玄武입니다. 청룡은 구망勾芒이라고도 하며, 봄 곧 초목의 싹이 나는 시기를 가리키고, 방향으로는 동쪽의 신입니다. 주작은 불의 신으로 계절은 여름, 방향은 남, 축융祝融이라고도 합니다. 백호는 계절은 가을이고 방향은 서쪽입니다. 현무는 계절은 겨울, 방향은 북쪽입니다. 이것을 지형에서는 어떻게 이야기하느냐 하면, 동인 청룡에는 맑은 시냇물이 흐르지 않으면 안 된다, 가람을 짓는다면 이런 곳을 찾아 남쪽을 바라보고 북쪽을 뒤로 해서 지으라는 것입니다.

이 구전을 호류지에 적용시켜 볼까요. 호류지가 있는 곳은 지명이 이카루가입니다. 동쪽으로는 도미오富雄 강이 흘러 청룡에 걸맞습니다. 남쪽은 사찰보다 한 단 낮은 야마토 강쪽으로 기울어진 모양새로, 주작에 필적합니다. 서쪽으로는 큰길은 없습니다만, 서대문의 서쪽으로 야마토 강에 이르는 길이 있고, 북쪽 현무에 해당하는 야타矢田 산맥이 사찰 뒤에 서 있습니다.

이렇게 호류지는 사신 상응의 땅에 지어져 있는 것입니다. 이런 풍수의 장점이, 창건된 그대로, 천삼백 년이나 지난 지금까지 남아 있을 수 있었던 원인일지도 모릅니다. 이렇게 이야기하면 미신 같습니다만, 도시나 성은 대개 이런 곳에 세워져 있습니다. 남쪽이 낮다는 것은 전망이 좋고, 햇빛이 잘 든다는 뜻입니다. 북쪽에 산이 있다는 것은, 산이 북풍을 막아 살기 좋다는 것으로 추측해 볼 수 있습니다만, 왜 동쪽으로는 강이고, 서쪽으로는 길이어야 하는지는 그 나름으로 이유가 있었을 테지만, 저는 아직 왜 그런지 모르겠습니다.

야쿠시지는 어떨까요? 야쿠시지의 경우는 이 구전과 들어맞지 않는 데가 있습니다. 동으로 아키시노秋篠 강이 있고, 남쪽은 한 단 낮습니다. 서쪽으로는 니시노니보西の二坊 대로가 관통하여 구전과 잘 맞는데 북에 현무에 해당하는 산이 없습니다. 요컨대 사상 중 하나가 빠져 있는 것입니다. 그 때문일지도 모르겠습니다만, 호류지는 창건 당시에 지은 일곱 개의 건물이 다 남아 있는데, 야쿠시지에는 동탑 하나가 남아 있을 뿐입니다.

과학적이 아니라고 하실지 모르겠습니다만, 저는 구전을 믿고 있습니다. 그것이 전통이라 여기고 있습니다. 이렇게 해서 오늘날까지 이어저 내려올 수 있었던 것입니다. 만약 제가 사찰을 짓는다면 망설임 없이 제일 먼저 이 구전에 따라 장소를 찾을 것이며, 그렇지 않은 장소에는 지을 생각이 없습니다.

대형 목조 건물을 지을 때는 나무가 아니라 산을 사라.

　나무의 질은 그 나무가 자란 땅의 성질에 따라 결정됩니다. 나무의 성깔은 '나무의 마음'이라고 해도 좋을지 모르는데, 그것은 산의 환경에 따라 생기게 되는 것입니다. 산의 남쪽에서 자란 나무를 예로 들어 봅시다. 이 나무는 해가 잘 안 드는 북쪽으로는 가지가 적습니다. 있다 하더라도 가늘고 작습니다. 역으로 햇빛이 잘 드는 남쪽 가지는 크고 굵습니다.

　나무가 선 곳의 지형이 대체로 서풍이 많았던 곳이라고 하면, 이 나무의 남쪽 가지는 바람을 맞아 밀리게 됩니다. 그래서 동쪽으로 틀어지게 되고, 그렇게 바람의 힘으로 억지로 동으로 틀어져 있기 때문에 어떻게든지 원래대로 돌아가고자 하는 성질을 갖게 되는데, 이것을 나무의 성깔이라 합니다. 모든 나무에는 자란 장소에 따라 이런 성깔이 붙습니다.

　구전에서 "나무가 아니라 산을 사라."는 것은, 베어 내 제재가 끝난 나무를 사지 말고, 직접 산에 가서 그 산의 지질도 보고, 또 그곳 환경에 따라 생긴 나무의 성깔을 하나하나 파악해 본 다음에 사라는 것입니다.

왜냐하면, 켜서 목재로 만든 나무는 그 나무의 성질, 즉 성깔을 꿰뚫어 보기 어렵기 때문입니다. 나무를 베어 넘겨서 건조를 시키면, 얼마 뒤부터 나무의 속마음이 나타나는데, 이 구전은 나무의 성깔을 파악하는 방법을 가르쳐 주고 있는 것입니다.

그리고 이 구전의 또 한 가지 의미는, 여러 산이 아니라 하나의 산에서 자란 나무를 가지고 하나의 탑을 지으라는 것입니다. 이 산 저 산의 성질이 다른 나무를 마구 사지 말고, 직접 산에 가서 나무를 보고 그 산의 나무를 잘 써서 하나의 탑이나 당을 지으라는 것입니다.

최근에는 직접 산에 가서 나무를 보는 일이 어려워졌습니다. 그렇지만 저는 야쿠시지의 나무를 사러 대만의 어떤 산까지 갔습니다. 이천 년을 넘긴 편백나무를 보니 마음속 깊이 잘했다는 생각이 들더군요. 산을 보았고, 나무를 보아 두었기 때문에 후회 없이 일을 할 수 있었습니다.

이 구전은 다음 네 번째와 다섯 번째 구전과 밀접한 관계가 있습니다.

나무는 나서 자란 방향 그대로 써라.

이 구전에는 다음과 같은 구전이 이어지고 있습니다.

"동서남북 그 방향대로, 산마루나 산비탈 나무는 서돌로, 골짜기 것은 수장재로 써라."

산째 산 나무를 어떻게 살려서 쓸 것인가 하는 대목입니다. 남쪽에서 자란 나무는 건축을 할 때 남쪽에 쓰라는 것입니다. 마찬가지로 북쪽에서 자란 나무는 북쪽에, 서쪽은 서쪽, 동쪽 나무는 동쪽에, 자라던 방향 그대로 사용하라는 것입니다.

구전에 따라 나무를 쓸 때 어떻게 되느냐 하면, 남쪽에서 자란 나무는 가지가 많기 때문에 마디가 많이 생깁니다. 그래서 남쪽 기둥에는 마디가 많은 것들이 들어서게 되는 것입니다.

호류지의 아스카 건축에서도, 야쿠시지의 하쿠호 건축에서도 당이나 탑의 남쪽 정면에는 이 구전처럼 마디가 많은 나무가 쓰인 것을 확인할 수 있습니다. 그와 반대로 북쪽 기둥에는 거의 마디를 볼 수 없습니다. 야쿠시지 동탑의 남쪽 기둥을 보십시오. 일간육절

一間六節, 곧 한 칸에 여섯 마디라는 말 그대로 한 칸 사이에 예닐곱 개의 마디가 있습니다. 호류지 중문도 다르지 않습니다. 남쪽 기둥에는 마디가 많이 보입니다만, 북쪽에는 적을뿐더러 있더라도 작습니다.

이런 지혜가 천삼백 년간 호류지의 생명을 유지시켜 주고 있는 것입니다. 저는 1934년부터 스무 해에 걸쳐서 호류지를 해체 수리했습니다. 창건 이래 처음 하는 해체 수리였습니다. 그때 무로마치 시대에 지어진 건조물도 수리해야 했습니다만, 무로마치 것은 육백 년밖에 되지 않았습니다. 그런데도 수리하지 않으면 안 될 정도로 상해 있었던 것입니다.

무로마치 것은 마디가 없는 목재를 모아서 정성스럽게 짜 놓았더군요. 그런데도 육백 년밖에 유지가 안 된 것입니다. 구전을 잊어버렸기 때문입니다. 마디가 가득한 아스카 재목에 견주면 사용 햇수가 반도 안 됩니다. 구전에는 이 정도의 의미가 있는 것입니다.

산 중턱 위부터 산마루까지의 나무를 서돌로 사용하라는 것은 거기서 자란 나무는 햇빛과 바람을 많이 받으며 튼튼하게 자란 것이기 때문입니다. 햇빛을 많이 받는 것은 좋으나 바람도 맞고, 비바람에 눈보라도 맞습니다. 강풍도 지나갑니다. 산 중턱 위의 나무들은 이런 환경에서 자라기 때문에 목질이 강하고, 성깔 또한 강합니다. 이렇게 목질이 단단하고, 성깔이 있는 나무는 서돌, 곧 기둥이나 도리, 들보처럼 건물을 지탱하는 뼈대가 되는 부분에 사용하라고 가르치고 있습니다.

반면 골짜기에는 수분도 많고 영양도 충분합니다. 이런 곳에는 햇빛도 바람도 그다지 강하지 않아 나무가 잘 자랍니다. 이렇게 좋은 환경에서 자란 나무는 성깔이 없는 대신 힘도 없기 때문에 중방이나 천장, 화장판 같은 수장재로 사용하라는 것입니다.

옛날 사람들은 산에 가서 나무의 성질을 자주 살펴보았습니다만, 요즘 목수들에게는 이런 이야기를 해도 전혀 알아듣지 못합니다. 시대가 바뀌었지만 지혜도 그에 따라 늘어났다고는 할 수 없습니다. 옛날 사람들이 훨씬 영리했습니다.

나무 짜 맞추기는 치수가 아니라 나무의 성깔에 따라 하라.

　건물을 세우는 데 치수는 뺄 수 없는 것이기는 합니다만, 그보다 나무의 성깔을 알고, 그것을 살리는 것이 중요하다는 것입니다. 나무의 성깔에 대해서는 앞에서도 이야기했습니다. 왼쪽으로 비틀린 것을 풀고자 하는 나무와 오른쪽으로 비틀린 것을 풀고자 하는 나무를 조화롭게 써서 나무끼리의 힘으로 서로가 가진 성깔을 막으며 건물 건체의 비뚤어짐을 막는 것입니다. 만약 이것을 모르고 오른쪽으로 비틀어져 있는 나무만을 기둥으로 늘어세우면, 건물 전체가 오른쪽으로 틀어져 버리게 됩니다. 이렇게 되어서는 안 된다는 것입니다. 그러니 나무의 성깔을 파악하기 위해 산을 사라, 산에 가서 눈으로 직접 확인하라고 하는 것입니다.

　호류지의 오중탑이나 금당을 해체해 보고 그 두 건물에는 이 구전이 완벽하게 지켜지고 있는 것을 알았습니다. 훌륭합니다.

　이 완벽한 나무의 성깔 맞추기가 천삼백 년이 지나도 건물의 비뚤어짐을 막으며, 오중 곧 다섯 겹이 진 처마 끝을 일직선으로 지키고 있는 것입니다.

요즘 목수들은 치수에 대해서는 시끄럽게 말이 많습니다만, 나무의 성깔은 아예 생각도 않고 있습니다. 치수대로 짓는 것은 누구나 할 수 있습니다. 치수만으로는 건물이 오래 버틸 수 없다는 것을 얼마쯤 목수 생활을 한 사람이라면 틀림없이 알고 있을 것이 분명한데도 언제까지나 그대로입니다.

건물이란 자연 속에서 비바람과 눈보라를 견디지 않으면 안 됩니다. 나무의 성깔 맞추기를 잊어버린 건축은 건축이라고 할 수 없습니다. 건물로서 힘이 약하고, 곧 나무의 성깔이 나타나며 비틀림이 생깁니다. 이래서는 안 됩니다. 나무의 성깔을 무시하고 지으면 쓸 수 있는 햇수가 절반 이하로 떨어십니다. 목수는 나무의 성질을 살려서 목재로서 사용 가능한 햇수를 모두 채우도록 하지 않으면 자연의 생명을 낭비하는 게 됩니다. 더구나 성깔이 있다고 그 나무를 버리고 쓰지 않는 것은 당치도 않은 일입니다. 사람과 마찬가지입니다. 나무의 성깔을 살려서 쓰는 것이 목수의 임무입니다.

나무의 성깔 맞추기는 장인들의 마음 맞추기.

　건축은 혼자서는 할 수 없습니다. 수많은 사람들의 힘을 하나로
모았을 때 비로소 가능한 일입니다. 힘을 결집한다는 것은 마음
을 하나로 한다는 것입니다. 수많은 장인의 마음을 하나로 통일시
켜 가지 않으면 안 됩니다. 장인도 나무처럼 성깔이 있습니다. 저마
다 자기 솜씨를 뽐내며, 그것으로 제 식구들을 먹여살리고 있기 때
문에 보통 방법으로는 안 됩니다. 그런 사람들뿐입니다. 그런 사람
들을 다스려 가지 않으면 안 되는 것입니다. 기질도 다르고, 솜씨
도 다릅니다. 서툴고 능숙하고, 빠르고 늦고, 가지각색입니다. 각기
다른 장기와 특기가 있습니다. 건물이 크면 큰 만큼 사람이 더 많
이 필요합니다. 목수만이 아니라 석수장이, 미장이, 기와장이 등 여
러 직종의 사람이 있어야 합니다. 이 사람들을 모아서 하는 일이기
때문에 도중에 던져 버릴 수도 없는 일입니다. 마음에 들지 않더라
도 그것을 능숙하게 조화시켜 내야 하는 게 대목장의 일입니다. 이
구전은, 대목장은 장인들의 기질을 파악하여, 일이 잘되어 나가도

록 하지 않으면 안 된다는, 대목장의 마음가짐을 말하고 있는 것입
니다.

장인들의 마음 맞추기는 장인들을 대하는 대목장의 따뜻한 마음.

이 구전은 말 그대로입니다. 대목장이란 목수의 우두머리입니다.

수많은 장인들의 마음을 짐작해 가며 하나로 통일해 가기 위해서는 대목장에게 장인들을 품는 애정이 있어야 한다는 것입니다. 현장을 돌아다녀 보면 능숙한 자도 있고 서툰 이도 있습니다. 능숙한 달인은 그대로 좋습니다만, 서투른 자는 건물이 완성되는 삼 년이나 사 년 사이에 훌륭한 목수로 키워 가려는 따뜻한 마음이 필요하다는 것입니다. 구전에는 그 따뜻한 마음을 이렇게 이야기하고 있습니다.

부처의 자비심으로, 어머니가 자식을 생각하는 마음으로.

대목장은 장인들을 어머니가 자식을 생각하는 그런 마음으로 대하지 않으면 안 된다는 것입니다. 대가를 바라는 천한 마음으로는 안 된다는 것입니다. 그러나 대목장이기 때문에, 그저 장인들의 응석을 받아 주며 멋대로 굴게 두어도 좋다는 뜻은 아닙니다. 응석을 받아 주는 것과 따뜻한 마음은 전혀 별개의 것입니다. 이것을 어기게 되면 정리해야 할 것이 정리가 안 되고, 장인들이 더 크게 자라지도 못합니다. 오히려 멋대로 굴게 두는 섯은 따뜻한 마음이 없는 행위에 가까울지도 모르겠습니다. 요즘 목수들을 보면 이 두 가지를 혼동하고 있는 사람이 많습니다.

백 명의 장인이 있으면 백 가지의 생각이 있다. 그것을 하나로
모으는 것, 이것이 대목장의 기량이자, 가야 할 바른 길이다.

　장인들은 저마다 생각이 다릅니다. 백 사람이 있으면 백 사람 모
두 다른 생각을 갖고 있다는 것입니다. 요즘 학교나 회사의 윗사람
중에 이렇게 학생이나 사원을 보는 사람이 있을까요? 백 사람의 마
음을 하나로 모아 가는 것이 대목장의 기량이라는 것입니다. 모두
의 마음이 하나로 모아져야 비로소 그 방향이 바르게 된다는 것인
데, 매우 진보적인 생각이 아닙니까? 옛날 사람은 생각이 낡아서
위에 선 사람은 뭐든지 호령 하나로 아랫사람의 의견이나 생각 따
위는 무시했을 거라고 생각하는 사람이 많습니다만, 이 구전은 그
것이 전혀 그렇지 않았다는 사실을 이야기하고 있습니다.

　큰일은 함께 일하는 사람들의 생각을 무시하거나 내리누르기만
해서는 이루어지지 않습니다. 혹시 그렇게 되었다고 하더라도 그렇
게 해서는 마음을 담는 일은 할 수 없습니다. 마음을 쏟아 넣지 못
하는 건물은 아름답지도 않을 것이고, 오래 버티지도 못합니다. 그
래서는 나무의 생명을 살릴 수 없습니다.

그렇다면 대목장의 역할은 대단히 어렵겠다, 과연 그게 가능할까, 하는 생각을 하는 사람도 있겠지만, 이미 천삼백 년 전 옛사람들이 수많은 사람을 써서 호류지나 야쿠시지를 지어 오늘날까지 남겨 주고 있는 것을 보면 불가능한 일만은 아닙니다. 호류지를 보고 있자면 정말로 아스카 장인들의 위대함에 저절로 머리가 숙여집니다.

구전이라고 하면 딱딱하고 거북스러운 것이라고 생각하는 사람이 많습니다만, 이 구전에는 멋도 배어 있습니다.

"하나로 모으는, 이것이 바른 길이다."

이 글입니다. 하나로 통일하는 것이 바른 길이라는 뜻인데, 하나란 '一'입니다. 이 '一'을 모은다는 의미의 '止める' 위에 놓으면 바르다라는 뜻의 '正'이 됩니다. 멋진 표현 아닙니까?

백 가지 생각을 하나로 모으는 기량이 없는 자는
조심스럽게 대목장 자리에서 떠나라.

　지독합니다. 장인들의 의견을 하나로 통일시킬 수 없다면 대목장의 자리를 내놔라, 라고 하는 것입니다. 일이 생기면 세상에서는 보통 위에 선 자들이, 자신의 부덕을 부끄러워하기는커녕 아랫사람 탓을 하며 목을 자른다거나 다른 데로 보내 버린다거나 하지 않습니까? 하지만 이 구전은 아랫사람의 의견을 하나로 통일시키지 못하는 것은 자신의 기량이 부족하기 때문이라는 것이고, 일이 그렇게 되면 스스로 자리를 떠나지 않으면 안 된다는 것입니다. 건물 하나를 완성한다는 것은 대단히 어려운 일입니다. 나무의 성깔을 읽을 수 있고, 솜씨가 좋고, 계산을 할 수 있는, 그것만으로는 안 됩니다. 대목장은 따뜻한 마음으로 장인들을 대하는 한편 그들의 마음을 하나로 통일해 가지 않으면 안 되는 것입니다.

　모든 직종의 온갖 장인들 마음이 하나로 조화를 이룰 때, 비로소 건물이 제대로 완공될 수 있습니다. 장인들의 마음이 모이지 않으면 당탑의 완성 또한 어렵습니다. 이렇게 하나의 건물을 완성시킬

때까지 모든 책임이 대목장에게 있는 것입니다. 그만큼 대목장의 책임은 무겁습니다. 저는 대목장 임무를 맡고 있는 내내 이 구전으로 제 마음을 타일러 왔습니다.

모든 기술이나 기법은 하루아침에 이루어지지 않는다.
선인의 은혜 덕분이니 그 은혜를 잊어서는 안 된다.

꼭 그렇습니다. 구전을 지키고 그것을 실천에 옮기면 당탑이 지어집니다만, 이것은 자신만의 공이 아니라는 것입니다. 선인들이 실험을 거듭하며 실패를 고치고, 이렇게 해서 전해 온 기법에 의지하지 않고서는 불가능하다, 자신의 지혜나 힘만으로 가능한 게 아니다, 그러므로 신에게 감사하고, 구전과 기술을 후대에 전하지 않으면 안 된다는 것입니다.

정말 그렇다고 생각합니다. 저는 할아버지의 가르침에 따라 대목장으로 자랐습니다. 할아버지가 가르쳐 주신 기법은 당신이 만들어 낸 것이 아니라, 그 전부터 전해져 온 것입니다. 선조들이 천 년 이상, 아주 긴 시간을 들여서 잘못을 바로잡으며 하나하나 이루어 온 더없이 소중한 것입니다. 그 기법에 잘못이 없었다는 것을 호류지가 증명해 보여 주고 있습니다. 저는 오랜 기간 목수 노릇을 해 왔습니다만, 제가 새롭게 생각해 낸 것은 아무것도 없습니다. 그보다는 해체 수리를 하면서, 도대체 어떻게 이런 것이 가능했을까, 감탄하며 뒤쫓아 배워 왔을 뿐입니다. 지금도 제 실력은 아스카 장인을 쫓아가기에는 턱없이 부족합니다.

모든 것이 이 구전대로입니다. 과학이 진보하더라도 옛 기술을 무시한다거나 잊어버려서는 안 됩니다. 쌓아 온 경험 속에는 그만한 가치가 숨겨져 있기 때문입니다. 과학은 곧잘 경험이나 감을 경시하는 경향이 있는데, 그것 또한 훌륭한 학문입니다. 숫자나 문자로 나타낼 수 없기 때문이라며 무시하면 큰 손실입니다.

머리로 하는 기억만이 아니라 손으로 하는 기억도 있는 것입니다. 호류지나 야쿠시지의 탑은 그 기억이 집약되어 있는 건물이 아니겠습니까? 이처럼 훌륭한 건조물을 옛사람들이 오늘날과 같은 연장도 없이, 훨씬 어려운 조건에서 하나하나 다른 나무의 성깔을 살려서 세운 것입니다.

우리는 좀 더 겸허한 자세로 자연이나 선인들이 남겨 주신 것들을 보지 않으면 안 된다고 저는 봅니다. 지금 우리는 지나치게 자기 일만, 눈앞의 일만을 생각하며 살고 있습니다. 선인들은 호류지나 야쿠시지를 통해, 천 년을 넘나드는 아주 까마득히 먼 그런 시간 감각, 그런 능력을 갖추고 있었다는 것을 우리들에게 증명해 보여 주고 있는 것입니다.

역자 후기 여기 천 년 학교가 있다

책을 멀리하고,

텔레비전도,

신문도 보지 말고,

연장을 갈라.

오로지 그 일만 하라.

I

여기 천 년의 역사를 가진 참으로 놀라운 한 학교가 있다. 교과
서도 학교 건물도 없이 그들은 그들의 학교를 지금까지 천 년이 넘
게 지켜 오고 있고, 앞으로도 지켜 갈 것이다.

그들은 집을 짓는 사람들이다. 목수이지만 여느 목수는 아니다.
궁궐목수라 불리는 그들은 사원이나 궁궐, 사찰과 같은 큰 건물을
짓는데, 그 과정에서 경험하고 터득한 것을 짧은 말에 담아 후세에

전했다. 그것이 하나둘 쌓이며 그들은 이 세상 최고의 목조 건축 기술과 지혜를 가진 무리로 자랐다.

그들은 자신의 일에 긍지를 갖고 있었고, 자신에게 이어져 온 구전을 귀히 여겼으며, 나아가 거기에 자신의 새로운 발견을 집어넣었다. 그렇게 구전은 자랐고, 그것이 그들이 천 년이 넘게 그들의 학교를 지키고 발전시켜 올 수 있었던 비결이었다.

이 책은 이 학교의 우두머리 목수인 니시오카 쓰네카즈의 구술을 시오노 요네마쓰가 받아 적은 것으로서, 이 책 덕분에 아는 이 없던 이 '천 년 학교'는 세상에 알려지게 됐다.

2

그렇다. 구전이 그들의 교과서다.

"대형 목조 건물을 지을 때는 나무가 아니라 산을 사라."

"신이나 부처를 숭상하지 않는 자는 사원이나 사찰 건축을 입에 올리지 말라."

"나무 짜 맞추기는 치수가 아니라 나무의 성깔에 따라 하라."

"나무의 성깔 맞추기는 목수들의 마음 맞추기."

이와 같은 구전이 백 가지 정도 있고, 그들은 이 구전의 가르침에 따라 나무로 사찰과 사원, 궁궐과 같은 큰 건물을 짓는다.

그들에게 구전은 절대적이다. 왜 그런가? 그것이 옳음을 증명하고 있는 본보기가 있기 때문이다. 세계에서 가장 오래된 목조 건축물로 유명한 호류지가 그것이다. 호류지의 금당은 현재까지 천삼백 년 동안이나 창건 당시 그대로 서 있는 목조 건축물이다. 그것도 늙은 모습이 아니라 아직도 건강한 모습으로.

이 학교의 목수들은 호류지에 가서 금당을 보고 안다. 구전이 완벽하게 지켜지고 있음을. 그것을 지켰기 때문에 천삼백 년간이나 금당이 폭풍우와 눈보라를 이길 수 있었음을.

그러므로 스승은 바로 일러 주지 않는다.

"다시 호류지에 가 봐."

이 학교에서는 누구나 막히는 데가 있으면 스스로 호류지를 찾고, 호류지는 답을 보여 준다.

그들은 말한다.

"호류지는 우리의 살아 있는 교과서다."

3

그들의 학교는 일터였다. 오 년이나 십 년, 혹은 이십 년이 걸리는 큰 목조 건물의 건립 현장이 그들의 학교였다. 문화재 해체 수리나 복원 현장이 그들의 학교였다.

그곳에서 그들은 함께 밥을 지어 먹고, 함께 잔다. 스물네 시간을 함께한다. 기술만이 아니다. 사람 공부도 함께한다. 스승은 밥 먹는 것에서 사람 상대까지, 모든 걸 가르친다. 사람이 안 돼 있으면 좋은 건축 또한 불가능하기 때문이다. 소위 도제 제도다.

이 제도는 시간이 걸린다. 처음에는 청소와 밥을 한다. 그것만 하며 일 년을 보낸다. 그 뒤에는 연장을 간다. 그 일에 또다시 일 년, 더딘 자는 삼 년이 걸린다. 니시오카는 그의 제자 오가와에게 오 년이나 이 일을 시켰다. 그 기간에는 책을 읽는 것도 텔레비전과 신문을 보는 것도 금지됐다. 오로지 연장을 갈아야 했다.

학생마다 개성이 있다. 다 다르다. 천 년 학교에서는 한 가지 기준으로 판단하지 않고 서로 다른 걸 인정하고, 그것을 살려 가도록 돕는다. 시간이 걸리더라도 제대로 배우도록 한다. 세상의 학교처럼 한 가지 틀에 넣으려 하지 않고, 타고난 대로 각기 다른 개성을 꽃피워 가도록 하는 것이다.

일일이 가르치지도 않는다. 스스로 터득해 가도록 한다. 스스로 배운 게 아니면 혼자서 집을 지을 수도, 살아갈 수도 없다. 그러므로 천 년 학교에서는 일찍 배운다고 칭찬하지 않는다.

4

그들은 경전을 읽었다.

"신이나 부처를 숭상하지 않는 자는 사원이나 사찰 건축을 입에 올리지 말라."는 구전의 가르침 때문이었다.

성당을 짓는다고 하자. 그리스도를 알고 공경하는 자가 짓는 성당과 그렇지 않은 자가 짓는 성당은 당연히 차이가 난다.

그러므로 그들은 수도자와 같았다. 그들은 집을 짓는 수행자였다. 오로지 제대로 된 건물을 짓기에 골몰할 뿐 얼마가 남을까 따위는 염두에 두지 않았다.

그 대신 그들은 농사를 지었다. 농사가 그들에게 기본적인 먹을거리를 주었기 때문에 그들은 기다릴 수 있었다. 일이 없어도 견딜 수 있었다.

농사는 또한 그들에게 대자연을 보는 눈을 길러 주었다. 농사나 건축이나 같았다. 자연과의 조화, 그것이 바탕이었다.

구전에도 나왔다.

"가람을 지을 때는 사신 상응의 땅을 찾아라."

"나무는 나서 자란 방향 그대로 써라."

하지만 논밭은 생활비나 교육비까지 주지는 않았다.

"대대로 물려받아 온 논밭과 산을 조금씩 팔아야 했습니다. 살아 남는 게 먼저란 생각에서 크게 망설이지 않았습니다. 열네 마지 기를 이어받았습니다만, 이제 남은 것은 이 집뿐입니다."

사람들은 이런 니시오카를 귀신이라고 불렀다. 그 정도로 일만 생각하며 살았기 때문이다. 또 사람들은 니시오카를 "뛰어난 목수 인 동시에 독실한 불교 신자", 혹은 늘 자를 들고 다닌다는 점에서 "자를 든 사제"라 불렀다.

니시오카는 자주 말했다.

"백 년을 살아온 나무로는 백 년, 천 년을 살아온 나무로는 천 년 이상 가는 집을 지어야 합니다."

5

그들은 자연을 공경했다.

산에 가서 나무를 벨 때는 꼭 하늘/자연에 제사를 지냈다. 나무 앞에 술을 올리며 감사했다. 나무에게 생명을 준 것은 하늘/자연이 라는 게 그들의 생각이었다.

건물을 짓기 시작할 때도 하늘/자연에 감사하는 잔치를 열고, 이렇게 빌었다.

"땅이 준 귀한 나무를 여기에 옮겨 왔습니다. 이제부터 이 나무들이 우리가 짓는 건물로 싹트고 자라 산에서 나무로 산 기간보다 더 오래 여기서 살기를 기원합니다."

니시오카는 자주 말했다.

"나무는 대자연이 낳고 기른 생명입니다. 나무는 죽은 물건이 아니고, 생물입니다. 사람 또한 생물입니다. 나무나 사람이나 자연의 분신입니다. 말 없는 나무와 이야기를 나눠 가며 나무를 생명 있는 건물로 바꿔 가는 것이 목수인 우리가 하는 일입니다."

6

이 책은 1996년에 한국의 한 출판사에서 《나무의 마음 나무의 생명》으로 출간됐던 것을 이번에 상추쌈에서 다시 낸 것이다.

이유는 단순하다. 그 출판사는 문을 닫았고, 이 책을 찾는 사람은 많았다. 출판권 경쟁도 있었다. 상추쌈과 어느 대형 출판사가 경합했다. 상추쌈은 신생 출판사다. 그런데 어떻게 상추쌈이 이겼을까? 상추쌈 또한 이 책의 가치를 알고, 이 '천 년 학교'를 누구보다 좋아하는 출판사였기 때문이다. 그것을 이 책을 만든 시오노 요네마쓰가 알았기 때문이다.

2012년 늦은 가을

최성현

구술 니시오카 쓰네카즈 西岡常一

1908년 나라 현에서 니시오카 가문의 장남으로 태어났다. 예닐곱 살 무렵부터 현장을 드나들며 호류지 대목장 재목으로서 일을 배웠다. 스승이자 할아버지였던 니시오카 쓰네키치의 뜻에 따라 이코마 농업 학교를 졸업한 뒤, 두 해 동안 농사를 지었다. 천삼백 년 전에 지어져 지금도 창건 당시의 아름다움을 간직하고 있는 호류지를 평생에 걸쳐 돌보며 수많은 선인들의 기술과 지혜를 배웠다. 궁궐목수들의 우두머리로서 오래된 일본 건축물의 수리와 재건에 참여하며 몸에 새긴 그 아름답고 심오한 가르침을 《나무한테 배워라 — 호류지와 야쿠시지의 아름다움》《궁궐목수 대목장 니시오카 쓰네카즈 — 구전의 무게》 같은 책으로 남겼다. 여든여덟이 되던 1995년, 세상을 떠났다.

듣고엮음 시오노 요네마쓰 塩野米松

1947년 아키타 현 가쿠노다테 마을에서 태어났다. 도쿄 이과 대학 이학부 응용 화학과를 졸업한 뒤, 일본 곳곳을 돌면서 어부와 기술자들의 이야기를 소중히 듣고 받아써 왔다. 사라져 가는 전통문화와 몸에서 몸으로, 일에서 일로 전해지는 '손의 기억'을 기록으로 남기기 위해 애쓰고 있다. 1992년 《옛 지도》를 시작으로 네 차례나 아쿠타가와 상 후보에 올랐고, 2003년 《여름 연못》으로 일본 그림책 대상을 받았다. 같은 해, 국제 천문 연맹은 그의 업적을 기려 소행성 11987에 '요네마쓰 Yonematsu'라는 이름을 붙이기도 했다.

옮김 최성현

강원도에서 자급자족 규모의 논밭 농사를 지으며 살고 있다.

지은 책으로 《바보 이반의 산 이야기》 《산에서 살다》 《좁쌀 한 알》 《시코쿠를 걷다》 《오래 봐야 보이는 것들》 등이 있고, 옮긴 책으로 《짚 한 오라기의 혁명》 《어제를 향해 걷다》 《여기에 사는 즐거움》 《경제 성장이 안 되면 우리는 풍요롭지 못할 것인가(공역)》 《사과가 가르쳐 준 것들》과 같은 책이 있다.

상추쌈 이 펴낸 책들

다시, 나무에게 배운다
구술 오가와 미쓰오와 그의 제자들 **듣고 엮음** 시오노 요네마쓰
옮김 정영희 352쪽 | 18,000원

스스로 몸을 돌보다
글 윤철호 680쪽 | 38,000원

꿀벌과 시작한 열일곱
글 모리야마 아미 **옮김** 정영희 280쪽 | 15,000원

언젠가 새촙던 봄날
글 박선미 256쪽 | 14,000원

나무에게 배운다

구술 니시오카 쓰네카즈
듣고엮음 시오노 요네마쓰
옮김 최성현

초판 1쇄 펴냄 2013년 4월 5일
초판 6쇄 펴냄 2023년 1월 15일

편집 서혜영, 전광진
장정 고선아

인쇄 로얄 프로세스
제책 경일제책
도서주문·영업대행 책의 미래 전화 02-332-0815 | 팩스 02-6003-1958

펴낸곳 상추쌈 출판사 | 펴낸이 전광진 | 출판등록 2009년 10월 8일 제 544-2009-2호
주소 경남 하동군 악양면 부계1길 8 우편 번호 52305
전화 055-882-2008 | 전자우편 ssam@ssambook.net

ISBN 978-89-967514-2-7 03830
CIP 2013000182

값 14,000원